Markus Reich

Tante Bella
und die
Grünpflanzenkommissarin

Sechs Erzählungen

Bibliografische Information der Deutschen Nationalbibliothek: Die Deutsche Nationalbibliothek verzeichnet
diese Publikation in der Deutschen Nationalbibliografie;
detaillierte bibliografische Daten sind im Internet über
dnb.dnb.de abrufbar.

© 2018 Markus Reich
5. Auflage: Überarbeitete Ausgabe. Neues Cover.
Lektorat: Martin Ott

Herstellung und Verlag: BoD – Books on Demand,
Norderstedt.

ISBN: 9783759751867

Inhalt

Athenas Verabredung mit einem Unbekannten

(Diese Erzählung erschien in früheren Ausgaben unter dem Titel *Die Spritze Neapels.*)

Aeroporto di Roma-Fiumicino

Hauswandhohe Glasplatten und direkt dahinter das Flugfeld mit den aufgereihten Aeroplanen. Seltsam, dass es mir immer noch gefällt, unterwegs zu sein, die Atmosphäre auf Airports, in fremden Städten allein umherzugehen. Vierundzwanzig Länder und vier Kontinente hatte ich für die Firma bereist, seit zehn Jahren war ich unterwegs und dabei hatte ich diesen Job doch nur ein Jahr lang ausüben wollen, um mich danach wieder meinen Themen zu widmen, die außerhalb der Arbeitswelt blühen. Und jetzt werde ich auch noch in meinem Urlaub unterwegs sein.

Der Treffpunkt war vorgegeben. Ich musste nicht lange suchen. Jedenfalls vermutete ich, dass sie es sein könnte. Alle anderen eilten kreuz und quer. Nur wir zwei standen stiller als der Rest des Universums, um uns herum erstarrte die Zeit. Noch wandte sie mir den Rücken zu. Sie hatte eine Wespentaille und sehr lange Beine, längere Beine als ich, obwohl ich etwas größer war. Ihr Schattenriss: Ein Baum mit feingliedrigen Ästen, so schlank und grazil, so gerade, aufrecht und energiegeladen, an dessen oberem

7

Ende Zweige und Blätter eine Kugel bildeten. Der ausufernde Gipfel: Ein kaum zu bändigender Haarbusch, einzelne Strähnenantennen schwebten sich ablösend und zuckend in der Luft, als wären sie elektrostatisch aufgeladen und würden einerseits Unmengen an Energie aus der Luft saugen, andererseits Millionen Signale in eine mystische Parallelwelt senden. Ich rief mich zur Ordnung. Ich neige zu Visionen und hatte unter Spott und Häme von früher Kindheit an gelernt, diese für mich zu behalten. Sie war ausnehmend gut gekleidet, was in ihrem Fall bedeutete: Eine anthrazitfarbene Strumpfhose und ein grauer Wollrock changierten aufs angenehmste, die goldene Jacke endete weit oberhalb des Hüftansatzes und schimmerte wie ein Harnisch, nicht wie ein Gebilde aus Stoff. Aber auch diese Vision verbot ich mir sofort wieder. Wenn ich so anfing, würde sie auf dem Absatz umdrehen.

Es sah alles in allem nach einer guten Wahl aus, die man für mich getroffen hatte! Sogar nach einer sehr guten. Ich war erleichtert. Es wäre äußerst schade gewesen, die Reise umsonst unternommen zu haben. Mehr noch fürchtete ich den unerfreulichen Aufwand, sich aus solch einer erwartungsgeschwängerten Angelegenheit herauswinden zu müssen. Vor allem fürchtete ich die Enttäuschung in den Augen meines weiblichen Gegenübers, wenn ich mich aus dem Staub machen würde. Mir wurde heiß, während ich auf sie zuging, und ich konstatierte feuchte Hände. Würden wir uns mit Wangenküssen begrüßen oder uns nonchalant die Hand reichen oder womöglich nur voreinander stehen und uns ungeniert gegenseitig mustern? Aber vielleicht würde es dieses Mal die ein Leben lang heiß ersehnte Liebe auf den ersten Blick sein. Träum weiter, alter Luftschlossbauer. Wobei – man weiß es nie. Computerliebe. Das war doch Neue Deutsche Welle. Nie jedenfalls würde ich wieder schlecht über Computer und Neuerungen reden, dachte ich noch, während ich ihre näher kommende Rückseite mit den Augen verschlang. In diesem Moment drehte sie sich um – wie eine stillstehende Figur auf einem sich drehenden Podest – in einer einzigen erhaben-gleitenden Bewegung, die mich an die schwebenden Umläufe der Imperia auf ihrem Thronsockel im Konstanzer Hafen erinnerte. Sie sah – sie sah sehr gut aus. Zweifelsohne. Aber sie war wohl fünf, vielleicht sogar zehn Jahre älter als ich. Damit hatte ich nicht gerechnet. Ich hatte an Figur und Intellekt, Steckenpferde und Persönlichkeit und jene Anziehung zwischen zwei Menschen gedacht, die man nicht erzwingen kann. Aber nicht daran, dass sie älter sein würde als ich. Ich beschloss, mir nichts anmerken zu lassen. Zunächst wollte ich sehen, wohin das führte, jetzt, nachdem ich schon einmal hier war.

Sie musterte mich mit riesigen, geradezu überdimensionalen Augen. Ich stand still und ließ mich begutachten. Jedenfalls sagte zunächst keiner etwas. Nur um die Spannung aus dem Ganzen zu nehmen, redete ich gespielt locker drauflos: „Also, ich würde gerne vorab etwas vereinbaren. Wenn einer merkt, dass es für ihn nicht passt, dann sagt er es einfach. Sollen wir ein Codewort ausmachen? Ja? Wie wäre es mit – Termini? Und dann gehen wir wie Erwachsene getrennte Wege. Einverstanden?"

„Fängst du bei einer Beziehung immer am Ende an?"

Wie schlagfertig und flink sie war! „Nein, natürlich nicht." Obwohl sie vielleicht nicht ganz unrecht hatte. „Also, ich glaube ja nicht, dass, also, dass das nötig sein wird, aber ich dachte einfach …"

„Das sehen wir ja dann. Ich bin Athena." Nach dem kleinen Exkurs streckte sie mir nun doch noch die Hand entgegen. Nichts mit Küsschen oder mit Liebe auf den ersten Blick. Erst mal Ernüchterung. Realität sozusagen. Dennoch herrschte eine außergewöhnliche Spannung zwischen uns. Woran das jedoch lag, konnte ich nicht benennen.

„Weißt du, wo wir wohnen werden?", fragte ich, um die Sache voranzubringen.

„Ich habe ein Paket mit verschlossenen Umschlägen erhalten."

„Das habe ich auch bekommen. Und auf einem steht: Nach Begrüßung auf dem *Aeroporto di Roma-Fiumicino* öffnen."

„Nun gut …", meinte sie, fragte sich wohl, worauf ich noch wartete, deutete auf mich, und ich stellte fest, dass sie mich mit ihren Scheinwerfern von Augen betrachtete, nein, mehr noch, geradezu durchleuchtete.

Nachdem ich den richtigen Umschlag hervorgekramt hatte, nestelte ich unter ihren unerbittlichen Blicken nervös daran herum, versuchte ihn elegant zu öffnen, riss ihn jedoch brutal entzwei, weil sie mich währenddessen weiterhin ansah, als sei ich ein Kaninchen und sie die Köchin, die überlegte, wie sie mich am geschmackvollsten anrichten und garnieren könnte. Ihre Augen ein dunkler Waldsee.

„Das ist ein Witz!", zürnte Athena. Sogar das elektrische Licht stimmte ihr in diesem Moment zu und flackerte kurz bedenklich.

„Ach, ehrlich gesagt – ich bin ganz froh, dass es kein Hotel ist. Ich bin beruflich viel unterwegs und, na ja, so schlecht finde ich es gar nicht."

Athena verdrehte die Augen, und ich dachte, dass die Agentur ihre Vorlieben bei der Art der Unterkunft nicht berücksichtigt hatte und überlegte, wie es wohl hinsichtlich der Erfüllung unserer geheimen Erwartungen an den jeweiligen Gegenpart bestellt sei. Ob die Agentur dabei bessere Arbeit geleistet und die richtigen Individuen zusammengeführt hatte? Oder wie eben immer nur ein gewisser Anteil der Wünsche bezüglich des Partners erfüllt werden würde.

Zugegeben, das Apartment war klein, aber es war ein, meiner Meinung nach, schnuckliges Domizil, was ich umgangssprachlich dachte, aber nicht aussprach, um nicht erneut Athenas Augenverdrehen hervorzurufen, vor dem ich nicht gerade Angst, aber höllischen Respekt hatte. Es war ein Penthouse in der Nähe des inneren Bezirks, in dem sich die Besucherhorden tummelten. In ein paar Minuten konnten wir zu Fuß einige Sehenswürdigkeiten erreichen. Das Kolosseum war nicht weit entfernt. Unsere Unterkunft war jedoch ausreichend abgelegen, um ohne Mühe einige touristenfreie Lokale aufsuchen zu können. Auf der schmalen Dachterrasse – auf den Rollkoffern pappten noch die Check-in Klebestreifen, stets ein untrügliches Zeichen, dass es sich um den Beginn des Urlaubs handelte – staunten wir über die Schwärme von Staren, die sich als

11

schwankende, schwarze Girlanden über dem im Abendrot versinkenden Rom aufbäumten, um breit gefächert auseinanderzufallen, nur um sich erneut zusammenzuballen und in drehend-windenden Bewegungen über den Dächern der ewigen Stadt sanft hin und her zu schaukeln.

In der Küche stand ein Kofferradio, welches ich versuchsweise einschaltete.

„Ah, die spielen schwedische Musik im italienischen Radio", rief ich überrascht, um die Stille aufzuheben, während sich Athena mit gestreckten Beinen über ihren indessen geöffneten Rollkoffer beugte. Ihre Kurven waren ausnahmslos perfekt, als hätte ein Bildhauer einem klassischen Muster folgend eine anmutig geschwungene Steinfigur erschaffen.

„Ich hasse ihre Lieder", stöhnte sie und verdrehte die Augen. Ich sah es nicht, war mir aber ziemlich sicher, dass sie die Augen verdrehte. Dass ich seit früher Kindheit zu Visionen neige, habe ich wohl schon erwähnt.

Das gefiel mir außerordentlich, das war hervorragend, geradezu exzellent! So hatte ich das noch nie gesehen. Ich konnte mir das bisher nur nie eingestehen. Warum war ich nicht selbst darauf gekommen? Denn eigentlich war diese Musik unerträglich. Ich wusste, dass sie recht hatte. Zum ersten Mal spürte ich, dass ich von Athena etwas lernen sollte – und wollte. Das war der Typ Frau, auf den ich stand. Ich flog schon immer auf selbstbewusste Frauen, die etwas aus sich machten: Beruflich, sozial und dabei ihr Frausein in vollen Zügen lebten. Na ja, die Beschreibung ist mir nicht ganz gelungen, aber der geneigte Leser kann in etwa ahnen, was dabei gemeint ist und mag mir verzeihen, da ich mich die letzten Jahre hauptberuflich mit Briefsortieranlagen beschäftigte und nicht alle Zeit der Welt hatte, nach dem *mot juste* zu suchen.

Natürlich inspizierten wir zunächst gemeinsam die Wohnung. Am größten war die Spannung hinsichtlich der Schlafmöglichkeit. Es gab nur ein Schlafzimmer. Darin standen zwei Betten, durch einen schmalen Nachttischschrank voneinander getrennt. Wir machten uns im Badkabäuschen frisch, in das man vorwärts rein und rückwärts raus ging, weil es zu eng war, um sich darin umzudrehen. Nach dem ersten Kofferöffnen, von auspacken konnte keine Rede sein, wer räumt schon gerne alles für ein paar Tage und Nächte in fremde Schränke, als ob man einziehen würde, meinte Athena lakonisch: „Zeit für den nächsten Umschlag." Sogleich zauberte sie einen hervor, öffnete ihn eleganter, als ich das nach jahrelanger Übung vermocht hätte, mit dem Fingernageldolch ihres Zeigefingers.

Nachdem wir dem Aussagesatz, auf der im zweiten Umschlag befindlichen Karte brav Folge geleistet und eine Runde um das Colosseum bis zu den Hügeln mit den Trümmern ein Stück weiter links oben gedreht hatten, und nach diesem Pflichtprogrammspaziergang noch freudig etwas umhergeschlendert waren, ließen wir uns abends von einem beschaulichen Restaurant finden, neben dessen Eingangstüre die Aufkleber von Tripadvisor und Guide Michelin versicherten, dass man hier gut essen könne.

Dort stellte Athena mir eine naheliegende Frage: „Warum hast du mitgemacht?"

„Du meinst beim Blind Date Urlaub?"

„Ja."

„Ich war beruflich viel unterwegs und da war immer zu wenig Zeit, mich auf dem normalen Markt umzuschauen." Ich machte die bescheuerte Geste mit den zwei Anführungszeichen und hielt dabei Messer und Gabel in den Mulden zwischen Daumen und Zeigefinger geklemmt.

„Markt?"

„Na ja, wo man eben jemand kennenlernt. Auf dem Weinfest, in Kneipen, am Gemüsestand, auf dem Wochenmarkt oder beim Töpfern."

„Umschauen auf dem Markt beim Töpfern?" Athena sah mich ungläubig an. Manchmal überraschte sie mich.

„Du hast recht. Töpferkurse werden wohl nicht mehr allzu oft angeboten. Dann halt beim Acro-, Anti Gravity-, Anusara-, Bikram-, Flow-, Forrest-, Hatha-, Hormon-, Iyengar-, Jivamukti-, Kundalini-, Kriya-, Lach-, Luna-, Power-, Tri- oder Yin Yoga."

Athena lachte. Endlich! Tatsächlich! Jetzt waren wir seit sieben Stunden und vierundzwanzig Minuten ununterbrochen zusammen und ich hatte sie das erste Mal zum Lachen gebracht. Mittelschwere Steinbrocken fielen von mir ab.

„Du bist also hier, weil die Vielfalt der Yogakurse zu verwirrend ist?"

„So ungefähr, also …", nickte ich und dachte, dass ich leichtfertige Formulierungen, wie Auf-dem-Markt-Umschauen, künftig besser unterließ, nippte mittelschwer an meinem Rotwein, um Zeit zu gewinnen und überlegte, dass ich jetzt hier mit Athena saß, weil mein Leben die letzten Jahre mit sich gebracht hatte, dass ich mich nie näher auf eine Frau hatte einlassen müssen, weil ich beruflich ständig weiterreisen musste, durfte, konnte, sollte und auch wollte. Was für eine wunderbare Begründung, Ausrede und herrliche zu nichts verpflichtende Lebensweise. Der moderne Nomade. Das hatte ich gewollt. Und das war in meinen Dreißigern auch unübertrefflich gewesen. Aber in ein paar Monaten würde ich vierzig werden! Eines schönen Tages ist man schlicht und einfach kein Jüngling mehr und die herrliche Lebensweise namens Ungebundensein passt nicht länger zu einem. Zudem war ich in Beziehungen schon oft gescheitert. Nicht dass es nicht meistens an mir gelegen hätte. Wieso sollte ich mich also nicht zur Abwechslung auf ein Computerprogramm verlassen? Das war so gut wie alles andere. Wie Frauen im Yogakurs oder über Freunde kennenzulernen. Und Athena? Ich war höllisch nervös, unentschlossen und neugierig. Anscheinend liebe ich es, mich den Dingen zu überlassen und erst einmal zu schauen, wie sich das Ganze entwickelt. Aber wie sollte ich es jetzt darstellen? Ich fürchtete mich davor, das Falsche zu sagen und damit gleich zu Beginn alles zu verderben: „… das mit dem Übereinstimmungsverfahren scheint plausibel und – ja, wieso dem Ganzen nicht eine Chance geben?" Womöglich hatte sie nach minutenlangem Schweigen mehr erwartet, also beschloss ich, sie mit einer Gegenfrage zu beschäftigen. „Und warum hast du mitgemacht?"

„Aha", sagte sie und widmete sich ihrem Essen, sah mich prüfend an und erkannte untrüglich: „Du antwortest mit einer Gegenfrage."

Sie dinierte mit schlanken Fingern am Besteck, während ich mit meinen breiten Händen versuchte, eleganter als sonst zu hantieren und keine Fettflecken am Weinglas zu hinterlassen. Zudem wirkten die Italiener an den Nebentischen wunderbar römisch-elegant. Ich reckte den Hals im engen Hemdkragen und zweifelte, ob nicht der graumelierte, braungebrannte und äußerst elegante Signore im glänzenden schwarzen Hemd, der am Tisch hinter ihr saß, weitaus besser zu Athena passen würde. Einfach war das alles nicht. Wieso ich mir das hier antat? Weil ich es mit den üblichen Methoden lange genug versucht hatte. Athena schien keine einfach zu erobernde Frau zu sein, aber wenn es zu leicht ist, lohnt es meist nicht, und ich verlor dann stets im Handumdrehen das Interesse. Andererseits hatte ich von der ehemals geliebten Ruhelosigkeit die Nase gestrichen voll.

„Ich habe mich entschlossen nach einer Zeitspanne, die dir sehr lange vorkommen mag, etwas zu verändern. Meine Mythologie sozusagen umzuschreiben."

Ihre Wortwahl beeindruckte mich sehr. Habe ich schon erwähnt, dass ich eigentlich schreibe und der jahrelang ausgeübte Außendienstjob eine Mischung aus Das-nötige-Kleingeld-Verdienen, Reiselust und So-gar-keine-Lust-auf-Bürojob war? Umso mehr imponierte mir ihre ungewöhnliche Ausdrucksweise, die von Intelligenz und Originalität zeugte. Natürlich braucht jeder Autor, vor allem der verhinderte und unveröffentlichte, eine Lektorin an seiner Seite. Oftmals hatte ich mir von meinen Verflossenen gewünscht, dass sie meine Texte mit ausgleichender Stilsicherheit lesen würden. Aber vielen gab ich von vornherein nichts zu lesen, weil anderes uns verband und sie freiwillig kein Buch zur Hand genommen hätten.

Athena und ich hingegen redeten bereits an unserem ersten gemeinsamen Abend über alles Mögliche, über Erhabenes und Gewöhnliches, erkundigten uns nach der Anzahl der Geschwister, behutsam, ob die Eltern noch lebten. Auf verschlungenen Pfaden tasteten wir uns in immer persönlichere Bereiche vor.

„Dein Vater ist also Grieche?"

„Ja."

„Und warum verbringst du deinen Urlaub in Italien?"

„Ich wollte verreisen", sagte sie. „Griechenland kenne ich schon so lange. Und nachdem die Römer nach Griechenland kamen, sollten auch wir Griechen Rom besuchen."

„Sag mal. Warum hasst du eigentlich die schwedische Musik, die vorhin in unserem Apartment lief?"

„Es sind falsche Göttinnen!"

Nach zwei Nächten und zwei Tagen Sightseeing in Rom, die wir wohl nicht allzu anders verbrachten als andere Touristen, hatten wir, falls dies den geneigten Leser in irgendeiner Weise interessieren sollte – noch immer keinen Sex. Sex wird oft überbewertet, sagte ich mir, außer, wenn man jung ist. Diesmal ging es um mehr. So einfach war das. Wie recht ich damit haben sollte, war mir bedeutungslosem und sterblichem Unwissenden zu diesem Zeitpunkt noch nicht klar.

Bei unseren Wanderungen durch Rom hatte ich den Eindruck, dass Athena die Kunstwerke Roms äußerst schätzte. Das gefiel mir besonders gut. Ich hatte schon immer nach einer Frau gesucht, die ihr Interesse nicht nur auf das Praktische und Monetäre, das Vernünftige und Naheliegende legte. Eine Frau die Kunst liebt ist etwas

Herrliches. Schließlich kam ich aus dem schattigen Schwarzwald und in meiner Siebziger-Jahre-Kindheit war alles zu profan und gewöhnlich gewesen – was ich damals natürlich nicht wusste. Mir war jedoch längst klar geworden, dass mir immer etwas gefehlt hatte, auch während des Ingenieurstudiums. Die Welt war nach meinem Geschmack zu sehr am Alltag orientiert, in einer zwar technisch äußerst fortschrittlichen, aber ansonsten sehr gewöhnlichen, geradezu derben Epoche. Viele kreisten ihr Leben lang um Erfolg und Maschinen, Geld und Karriere. Wir gierten nach den neuesten digitalen Gegenständen, um unser dingliches Dasein zu negieren. Wirkliche Kunst und das Interesse für übergeordnete, ewige Themen verwaisten rasant. Das Leuchten in Athenas Augen, wenn sie etwas wirklich Altes sah, bedeutete mir sehr viel, und ich hütete mich, dies zu kommentieren, denn gewisse Eigenarten, die einem am anderen gefallen, sollte man wie einen geheimen Schatz für sich behalten, unausgesprochen und makellos bewahren. Sie lächelte manchmal geradezu huldvoll, als ob ihr diverse Altertümer persönlich gehören würden, was sicherlich darauf zurückzuführen war, dass sie zumindest auf irgendeine Art über dem Ganzen stand. Über diese Geisteshaltung Athenas rätselte ich, kam aber vorläufig zu keinem Ergebnis. Vielleicht hatte sie einiges von ihren Eltern mitbekommen. Ich würde sie bei der nächstbesten Gelegenheit danach fragen. Vielleicht war die Mutter Künstlerin und der Vater Kunstprofessor gewesen. Denn so eine Haltung musste vererbt sein, die erwirbt man nicht ohne Weiteres während seiner eigenen begrenzten Lebenszeit. Obwohl ich Literatur sowieso und auch andere Bereiche der Kunst aufrichtig liebte, merkte man dennoch bald, dass dies eine junge Liebe war und nicht, wie die Athenas, eine sehr erfahrene, die ihr geradezu innewohnte, als wäre sie ihr angeboren.

Wir besuchten Museen, die ich ohne Athena nicht betreten hätte, darunter eines, das eine Ausstellung über altertümliches Handwerk beherbergte. Natürlich folgte ich ihr, als sie schnurstracks darauf zusteuerte. Schließlich standen wir noch am Anfang unserer Beziehung und in dieser Phase macht man bekanntlich alles mit, von dem man Jahre später einiges höflich ablehnen und vorschlagen würde, dass man auf einer in der Nähe befindlichen Terrasse, je nach Tageszeit, einen Kaffee oder ein Bier trinken würde, oder beides, während sie sich in Ruhe die Ausstellung ansehen könne. Glücklicherweise waren wir noch nicht soweit. Erwartungsgemäß langweilte ich mich zunächst im Museum und war mit einem Mal sehr beschäftigt, denn ich versuchte Athena davon abzuhalten, alles anzufassen, was sie ständig tat, obwohl natürlich überall zu lesen war, dass man dies nicht dürfe. Kaum hatten wir den ersten Raum betreten, registrierte ich mit einem Blick, dass mich die ausgestellten Objekte nicht allzu sehr interessierten. Für ein paar Sekunden hatte ich den Ausblick aus einem der hohen Fenster genossen, da saß sie zu meinem Schrecken an einem Webstuhl – und von Athenas flinker Hand wurde das Schiffchen hin- und hergeschoben. Sie saß in einem römischen Museum und webte! In raumgreifenden Schritten eilte ich herbei, redete mit Engelszungen auf sie ein, löste die Widerstrebende schließlich sanft von ihrer emsigen Tätigkeit und führte sie am galant dargebotenen Arm hinweg.

Nervös lächelnd eilte ich mit meiner anspruchsvollen Gefährtin um die nächste Ecke.

„Wow, du bist ja mal cool. Das hätte ich mich nie getraut. Wenn die uns dabei erwischt hätten. Ich glaube, die verstehen da keinen Spaß."

„Ein Webstuhl ist zum Weben da!"

„Ja, natürlich", lachte ich erleichtert auf. Ihr Sinn für Humor war unschlagbar. Und sie sagte das auch noch in überzeugtem Brustton. Unglaublich. Das klang so trocken und abgezockt. Besser als jede versierte Komikerin setzte sie ihre abgebrühten Pointen.

„Ja, und du kannst das auch noch! Das ist richtig beeindruckend!"

„Ich wollte einfach gerne mal wieder weben."

„Ja, aber besser nicht im Museum. Vielleicht können wir irgendwo einen Webstuhl bestellen."

Es bedurfte einer gewissen Disziplin, um mit Athena zusammen zu sein, denn ohne es auszusprechen, erwartete sie eine gewisse Haltung von mir. Sie war keine Frau, mit der ich eng umschlungen durch die Straßen schlendern und der ich hin und wieder die Hand auf den Hintern legen konnte. Es war dennoch oder vielleicht gerade deshalb eine eindringliche Zeit mit Athena. Ich hatte wohl eine Frau mit Struktur und festem Willen gesucht, um meinem haltlosen Leben einen Rahmen und endlich auch einen Inhalt zu geben. Wir gingen uns bisher nicht auf die Nerven, hatten scheinbar ähnliche Interessen und Neigungen, sahen Museen von innen, zahllose alte Gemäuer von außen, gingen allzu immensen Touristenansammlungen aus dem Weg, stöhnten darüber, dass dies in den Metropolen der Welt zu einer immer größeren Herausforderung wurde, nutzten deshalb die dämmerfrühen Morgenstunden, um ungestört zu besichtigen und begnügten uns zum Frühstück liebend gerne mit Caffè e Cornetto. Zu dem sich wie selbstverständlich erneuernden Wunder des herrlichsten italienischen Abendschmauses tranken wir eine Flasche des lombardischen Spitzenweins. Welch Genuss und Glückseligkeit! Ach, und es war, wie es schon immer war: In Deutschland hat man erdrückend viel Arbeit und konstruiert zeitlebens Maschinen und in Italien isst man besser.

Bei einem unserer Abendessen in Rom fragte Athena: „Und du hast keine Kinder?"

„Nein."

„Wolltest du keine?"

So akzentfrei wie möglich antwortete ich: „Da bin ich mir nicht ganz sicher. Ich wusste wohl nie, was ich wirklich will. Ich glaube, ich habe mich lange treiben lassen." Und dachte, während ich dies sagte, was für ein, aus heutiger Sicht, lächerlicher Kerl ich mit Anfang zwanzig gewesen war. Als langhaariger Schwarzwaldjüngling hatte ich Hardrock Liedtextfragmente mitgebrummt und mich jahrelang von meinen romantisch-freiheitsliebenden Idealen, die ich jedoch nie wirklich lange durchgehalten hatte, irreführen lassen und war im Grunde ein genauso angepasster Einfaltspinsel wie jeder andere gewesen.

„Und wie verläuft so ein dahintreibendes Leben?"

„Na ja, nach einer Berufsausbildung, die uns Dorfbewohnern als einzige Option verkauft wurde, flüchtete ich vom Land nach Konstanz. Erst einmal einem engen Leben entkommen, war es für mich als Student naheliegend, meiner eigentlichen Natur gemäß, mich treiben zu lassen – und das Wunderbare war, niemand störte sich daran."

Sie durchleuchtete mich mit ihren Scheinwerferaugen: „Leider ist man nicht ewig zwanzig. Wenn sich manche das auch wünschen mögen." Kleine Pause, Scheinwerfer aus, an und mit neuem Ausdruck auf mich fokussiert. „Und nach dem Studium?"

Irgendwie hatte sie etwas von einer unerbittlichen Staatsanwältin, die den ungebildeten Straffälligen auseinandernimmt. Nahmen wir langsam aber sicher unsere wirklichen Rollen ein, fragte ich mich. Diese Gedanken verscheuchend, in dem verzweifelten Versuch, mich auf das Gespräch zu konzentrieren, und in dem Bedürfnis, einen eloquenten Gesprächspartner abzugeben, antwortete ich: „War ich zehn Jahre für einen großen deutschen Konzern weltweit unterwegs."

„Lass mich raten: Da verdient man gut, kann trinken so viel man will, ohne dass dies jemand kritisiert, muss keine dauerhaften Beziehungen eingehen und die Firma übernimmt die Lebensplanung für einen."

„So ähnlich", gab ich zu und hätte fast Frau Staatsanwalt oder Euer Hochwürden angefügt.

„Und jetzt?"

Die Stunde der Wahrheit war gekommen! Jetzt wollte sie wissen, woran sie mit mir war. „Habe ich genug vom Reisen. Ich will sesshaft werden."

„Zur Abwechslung?"

„Nein, ganz ernsthaft."

„Du suchst also ein Zuhause!"

Das war kein Fragesatz. Das war eine abschließende Feststellung, dennoch nickte ich bestätigend und strahlte sie an, als wäre ich über eine diesbezügliche Nachricht im nichtvorhandenen Glückskeks hocherfreut, als glaubte ich daran und würde mir schon ausmalen, in welcher Form der orakelhafte Satz sich realisieren werde.

„Willst du mich nicht fragen, ob ich nicht noch Kinder will?"

Fragte sie das ernsthaft? Sie war wohl fünf- oder sechsundvierzig. Ich war ratlos.

„Na ja, wenn du es schon ansprichst. Willst du noch Kinder?"

„Ich denke schon. Aber mach dir keine Sorgen. Es muss ja keine Kopfgeburt sein."

Manchmal sprach Athena in Rätseln. Um mir nicht anmerken zu lassen, dass ich nichts verstanden hatte, schenkte ich uns von dem Rotwein nach, registrierte, wie viel uns von der köstlichen Flüssigkeit verblieb, überlegte, ob wir noch eine Flasche bestellen sollten und war mir nicht sicher, ob sie solch eine Trinkfestigkeit bei einem Mann gutheißen würde. Ich folgerte, nach dem, was ich bisher von ihr wusste, dass dies wohl nicht so sei und nahm trotzdem einen großen Schluck, denn dass sie noch Kinder wollte, war dann doch etwas viel für den Anfang, und wie das in ihrem Alter gehen sollte, blieb ein Rätsel, war andererseits beruhigend, denn die Aussichten hinsichtlich Nachwuchs erschienen mir äußerst gering. Oder hatte sie etwa Eizellen einfrieren lassen? Zuzutrauen war es ihr. Aber was um alles in der Welt meinte sie mit Kopfgeburt? Wahrscheinlich, dass man es einfach geschehen lassen sollte, statt ewig und drei Tage darüber nachzudenken. Richtig. Genau das hatte meine damalige Freundin vor Jahren zu mir gesagt. Das mit dem Kinder kriegen passiere einfach. Das könne man nicht mit dem Kopf steuern. Natürlich irrte ich auch bei diesen Gedankengängen. Aber ich konnte diesmal wirklich nichts dafür, denn ich hatte nur die Mittlere Reife, das Fachabitur und ein Ingenieursdiplom. All das war schön praktisch und für meinen bisherigen Lebensweg völlig ausreichend. Keiner hatte je mit so einer Wendung gerechnet. Sonst hätten mich meine Eltern sicherlich auf ein humanistisches Gymnasium geschickt. Manche Dinge kann man voraussehen – andere niemals. Was auf unserer italienischen Reise geschah, gehörte zweifelsohne zur zweiten Kategorie. Wovon ich damals nicht das Geringste ahnte.

Nach mehreren sexlosen Nächten in Rom folgten wir den Weisungen, die wir aus einem weiteren Umschlag zogen, nahmen den Schnellzug, fuhren nach Neapel und landeten erneut in einer vorgebuchten Unterkunft, die wir zur Abwechslung nicht allein bewohnten, sondern zu Mitgliedern einer fünfköpfigen Studenten-WG wurden. Wir kamen uns unter den jungen, unbekümmerten Leuten wie Alt-Hippies vor und sahen vielleicht auch etwas so aus, aber sie nahmen uns freundlich und nebenbei zur Kenntnis. Wir bekamen das WG-Zimmer einer Norwegerin zugewiesen, die ihre Semesterferien woanders verbrachte.

Da ich Athena aus übertriebener Höflichkeit keine Fragen über ihre persönlichen Verhältnisse gestellt hatte, sprach sie mich direkt auf meine Zurückhaltung diesbezüglich an: „Interessiert dich eigentlich nicht, was ich so mache, wer ich bin und was ich für eine Geschichte habe?"
„Doch. Sehr."

„Warum fragst du dann nicht?"

Nachdem ich einen keinesfalls plausiblen Erklärungs-
versuch irgendwo im zweiten Drittel des Satzes abbrach,
berichtete Athena während unseres ersten Abendessens in
Neapel von dem misslungenen Urlaub mit ihrem ehemali-
gen Partner. Sie waren einander längst überdrüssig, ohne
sich dies einzugestehen, und im Alltag war es ihnen auch
ganz gut gelungen, dies zu überspielen. Im gemeinsamen
Urlaub konnten sie diese Tatsache jedoch nicht länger
leugnen. Damals entstand aus der Sehnsucht, einen völlig
anderen Urlaub zu erleben, der Wunsch, die nächste kost-
bare, freie Zeit mit einem Mann zu verbringen, der – ja,
der ihr alles bot, was sie in ihrer letzten Beziehung
schmerzlich vermisst hatte.

„Und wo ist er jetzt?"

„Dort, wo er hingehört."

„Und das heißt …?"

„Zuerst willst du nichts wissen und jetzt alles."

„Irgendwie schon."

„Nun gut. Es kann nicht immer das Treppchen aufwärts gehen, und schon gar nicht, wenn du verlierst."

„Sondern?"

„Dann geht es auch mal das Treppchen abwärts."

„Abwärts?"

„Abwärts!"

Aha, dachte ich, jetzt bin ich so klug als wie zuvor.
Wenn Athena etwas nicht sagen will, dann redet sie in
Rätseln. Und abermals irrte ich.

Wir streiften unentwegt durch die engen Gassen und
uns beiden gefiel Napoli besser als Roma. Jedoch bekam

ich in Neapel statt Sex eine Schleimbeutelentzündung. Eine Studentin der Wohngemeinschaft fuhr uns zu einem Arzt, der keiner war, sondern Physiotherapeut. Athena saß im Wartezimmer, während ich auf Französisch redete und mein Gegenüber auf Italienisch. Er verstand Französisch, konnte es aber nicht gut sprechen, genauso ging es mir umgekehrt mit Italienisch. Athena hörte mich vor Schmerzen schreien, während der neapolitanische Physiotherapeut mich einzurenken versuchte. Er bog und zog, irgendwann knackte es zwar ganz leise, aber die Schmerzen blieben, und ich konnte noch immer nicht aufrecht gehen. Erneut stützte ich mich auf Athena. Unsere Studentin war mit ihrem Auto längst weitergefahren. Wir machten uns auf den Weg zu einem für einen gesunden Zweibeiner nahegelegenen Bahnhof. Im Zug gab es keine freien Sitzplätze. Ich hielt mich an einer Metallstange und an Athena fest. Schweißüberströmt kam ich in unserem bunten WG-Zimmerchen an, öffnete das Schächtelchen voller Medikamente, die mich von meinen Schmerzen erlösen sollten und befreite ungläubig Ampullen aus ihren Halterungen.

Sie könne nicht spritzen, sagte Athena.

Die Etappe zur nächsten Apotheke war mühselig und endlos! Zunächst humpelte ich unabhängig an Hauswänden entlang und stützte mich alsbald wieder auf die gertenschlanke Athena. „Zuerst habe ich mich gefreut, was da für ein junger Mann vor mir steht – aber jetzt bin ich mir da nicht mehr so sicher", lächelte Athena und ich war ihrem Humor längst völlig verfallen, so dass etwaige Bedenken, wie das denn nun gemeint sei, keinen Anklang fanden.

In der Apotheke schauten sie uns fragend an, während ich in einem tadelnswerten Italienisch die Situation schilderte. Nachdem sie mein Anliegen endlich verstanden hatten, empfahlen die zwei Apothekerinnen, wenn man keine Erfahrung beim Spritzen habe, es besser zu unterlassen. Daraufhin griff eine zum Festnetztelefon, das es in Neapel natürlich noch gab. Wie ein Dschinn aus der Flasche poppte einige Minuten später ein Arzt in der Apotheke auf. Das war *fantastico*, denn ich hatte solche Schmerzen! Der kleine, rundliche Mann stand fröhlich plappernd vor mir, schon führte man mich in ein Nebenzimmer, das durch einen Vorhang nur so ungefähr von der Apotheke abgetrennt war. Munter weiterredend zog der Arzt die Spritze auf, ich meine Hose runter, er stach zu, und ich habe Athena nie fröhlicher lachen hören, als in diesem Moment im Nebenraum einer Apotheke im Gassengewimmel Neapels, denn der Vorhang verschloss die Öffnung zum Nebenzimmer nur halb. Sie amüsierte sich köstlich über ihr nach vorne gebeugtes Blind Date, dem ein kleiner Arzt die aufgezogene Spritze in die rechte Pobacke stach und dabei munter drauflosredete, während ich mich bemühte, auch mit heruntergelassener Hose, in Erwartung des Einstichs und ungeachtet der abscheulichen Schmerzen, die ein mir bis dahin unbekannter und dennoch so offensichtlich in mir existierender Schleimbeutel ausstrahlte, so viel wie möglich von dem wasserfallartigen Geplapper des Arztes zu verstehen, um höflich italienische Vokabeln zusammenklaubend, so gut es eben ging, die für einen kultivierten Menschen trotz allem unerlässliche Konversation zu betreiben.

Morgen früh könne ich wiederkommen. Dann würde er mir die nächste Spritze geben. Während der kleine Arzt so schnell wie er gekommen war, die Apotheke verließ, klang Athenas Lachen in mir nach. Nie wieder habe ich sie so herzlich lachen hören. Ihren Sinn für komische Situationen im Moment des Erlebens habe ich bereits auf unserer ersten Reise schätzen und lieben gelernt.

In die Wohngemeinschaft der Studenten zurückgekehrt, schlug Athena vor, den Urlaub abzubrechen. Sie lehnte bereits mit meinem Notebook auf unserem weichen Sofabett und suchte nach Flugverbindungen, während ich schweißgebadet dem winzigen Badezimmer entkam. Schief stehend widersprach ich und hielt sie von dieser Kehrtwendung ab. So schlimm sei das ja alles gar nicht. In der Not bat ich sie, zu einem Laden zu gehen, der lauter Gegenstände im altmodisch dekorierten Schaufenster ausstellte, die für kranke Leute bereitgehalten wurden. Zu denen ich mich nicht zählte, obwohl ich vor Schmerzen nicht gerade gehen konnte, humpelte wie Quasimodo und mich gerade eben nur unter größten Schmerzen auf dem Toilettensitz hatte niederlassen können und in dem verzweifelten Bemühen aufzustehen, einen Handtuchhalter abgerissen hatte. Die Dübel hielten in den zu großen Löchern nicht mehr. Ich verstopfte das Ganze mit Zahnpflegekaugummi, befestigte das Badutensil und hängte mit dem Fingerspitzengefühl eines großen Mikadomeisters das Handtuch daran. Aber wir beabsichtigten sowieso alsbald abzureisen. Sobald Athena mit meinen Krücken zurück sein würde.

Die nächste Anweisung schickte uns an die Amalfiküste. Athena hatte keinen Führerschein, und so mietete ich den Wagen auf mich an. Trotz meines Gehens auf Krücken gab man uns den Fahrzeugschlüssel anstandslos. Krücken und Gepäck landeten im Kofferraum. Auf einem Bein hopste ich zur Fahrertür, ließ mich, an die Dachreling klammernd, ins Fahrzeuginnere sacken und registrierte erleichtert, dass das Sitzen im Auto keine Schmerzen hervorrief, wenn ich die Lehne ein gutes Stück nach hinten stellte. So fuhren wir, ich mehr liegend als sitzend, dem Süden Italiens entgegen, während ich seltsamerweise in diesem Moment das Gefühl hatte, dass unser Urlaub gerade eben erst richtig begann. Ein paar Minuten später war ich wiederum etwas verunsichert, als ich die Müllansammlungen am Straßenrand der Autobahnauffahrt erblickte.

In Ravello hebelte ich mich auf Krücken die steilen Küstenstraßen hinauf und hinunter. Athena lachte fröhlich, als ich auf diese Weise eine breite Steintreppe emporstieg. Durch eine komplette Entlastung meines rechten Beines hoffte ich, der Entzündung ein Ende zu bereiten. Wir passierten eine Hauswand, an der jemand etliche Töpfe befestigt hatte: „Schau mal", sagte ich und deutete mit einer Krücke darauf: „Da hat wohl jemand einen Sammeltick." Athena sah mich strafend an: „Tick! Was meinst du mit Tick? Das sind Töpfe. Und Töpfe sind etwas Gutes! Das musst du dir merken! Unbedingt!" Durchaus etwas beleidigt, aufgrund ihres strengen Tons, setzte ich die Krücken auf den Asphalt und schwang munter voran. Manchmal war ihre direkte Art zumindest etwas gewöhnungsbedürftig. Jedenfalls war sie leicht zu kränken. Sie reagierte manchmal völlig unerwartet höllisch empfindlich. So eine Frau war mir noch nicht begegnet. Das konnte noch spannend werden. Aber wo tiefe Täler sind, sind auch hohe Höhen, sagte ich mir in meiner albernen Art, die ich dem ewigen Schwarzwaldjungen einfach nicht abgewöhnen konnte und auch nicht wollte. Denn das war die simple Stimme eines bescheidenen und versöhnlichen Mannes. Nun, vielleicht hätte ich damals schon etwas strenger mit ihr sein müssen, aber die Auseinandersetzung hätte ich wohl sowieso verloren.

Am Strand von Vietri sul Mare sah ich Athena das erste Mal im Bikini. Wie auf dem Flughafen bot sie mir zunächst ihre Rückenansicht. Sie telefonierte stehend, während ich im Sand lag. Ich hatte ihren Hintern vor und über mir, dahinter das Meer und einen kitschig azurblauen Himmel. In diesem Moment wusste ich, dass ich mit ihr schlafen musste. Es ging nicht anders. Es würde mir sehr schwerfallen, diesen wunderbaren Anblick zu vergessen. Es wäre eine immense Niederlage, mit einer Frau mit solchen Beinen und einer perfekten Wespentaille Tag und Nacht zusammen zu sein und nicht mit ihr zu schlafen. Das hätte mich auf Monate, wenn nicht auf Jahre deprimiert und wäre eines jener Verpasst-Erlebnisse gewesen, denen man hartnäckig und immer zu lange, wenn nicht lebenslang, hinterher trauert. Von da an schlich ich wie das heiße Blechdach um die Katze, aber ich wusste nicht, wie es um sie stand, wollte nicht ruinieren, was im Entstehen war und hütete mich vor übereilten Schritten. Verzaubernde und entzückende Ungewissheit – was wäre die Liebe ohne dich?

In einem Doppelbett in Atrani, mitten in der Nacht, waren wir beide hellwach, als würde uns jemand simultan an den Schultern rütteln, als hätten wir ein geheimes, mitternächtliches Stelldichein vereinbart. Wir lagen erwartungsvoll da und wussten, dass auch der andere mit offenen Augen bewegungslos verharrte. Über uns flirrte die Luft vor Spannung, denn wir lagen nur wenige Zentimeter voneinander entfernt unter einer Decke. Als ich mich ihr zudrehte, schließlich war ich der Mann und sie wartete wohl darauf, dass ich den ersten Schritt machte, sagte sie leise und mit einer dunklen Stimme, die ich bis dahin nicht gehört hatte: „Noch nicht."

Wir gondelten in bester Laune die Küstenstraße Amalfitana entlang und klapperten in behaglichem Rhythmus jene Orte ab, die uns gefielen, bis wir schließlich Positano erreichten. Ihr *Noch nicht* war ein Versprechen und eine Verheißung, die bei mir die übliche Mischung aus leichter Nervosität und gespannter Erwartung, geschmückt mit tausend Bildern meiner Phantasie, hervorrief. Natürlich dachte ich unablässig daran, wie es sein würde. Was dann kam, hätte ich mir nicht in den kühnsten Träumen ausgemalt. Vom Computer geplante Liebe scheint etwas sehr Spezielles zu sein. Nicht nur Götter, auch Elektronenhirne sind längst mächtiger als wir Sterblichen, vor allem beherrschen ihre Datenbanken die potentiellen Beziehungen zwischen Millionen Individuen innerhalb eines Wimpernschlags. Sie kennen mehr Menschenkinder, als wir je kennenlernen werden, und darunter ist die eine Person, auf die wir unser Leben lang gewartet haben.

Auf einer langen, geraden Landstraße irgendwo zwischen Agropoli und dem Cilento regnete es in Strömen. Dadurch verlor selbst Italien viel von seinem Reiz. Die Gegend wurde immer unwirtlicher. Wir hielten zwischen mehreren halb verfallenen, wahrscheinlich unbewohnten Gemäuern. Neben einer verrosteten Eisentonne unterhalb eines Kunststoffdachs saß eine alte Frau und strickte. Ich überlegte, was sie hier so allein mache, hüpfte aber erst einmal aus dem Wagen und bog um eine Ecke. Als ich zurückkam, kauerte Athena neben ihr und hatte das Strickzeug der Frau in der Hand. Die Gebäude sahen unbewohnt aus und ich hatte vor, so schnell wie möglich von hier wegzukommen. Und Athena strickte. Sie überraschte mich immer wieder. Notgedrungen ging ich auf sie zu und fragte behutsam: „Sollen wir nicht lieber weiterfahren?" Athena hingegen arbeitete in einem Affentempo, ich konnte den Bewegungen der fliegenden Stricknadeln kaum folgen. Sie deutete mit dem Strickzeug auf das Auto, ich drehte mich um und sah, was sie meinte. Der rechte Vorderreifen war platt. Ich musste auf diesem Hof in einen Nagel oder sonst einen scharfen Gegenstand gefahren sein. Kein Wunder, die Fenster der Häuser waren eingeworfen, es lag Schutt und sonstiges Gerümpel herum. Als ich das Rad abgezogen hatte und nach dem Reserverad griff, hielt ein Kleinwagen. Vier Männer stiegen aus und kamen direkt auf mich zu. Sie beantworteten meinen Gruß nicht. Einer öffnete die Beifahrertüre und setzte sich ins Auto, was mich veranlasste, ihm zuzurufen: „He, ich wechsle hier gerade ein Rad!" Indessen sollte ich wohl aufstehen und zusehen, wie ich flüchten konnte. Mein Smartphone, mit dem ich die Polizei hätte rufen müssen, lag leider im Wagen. Zwei der Männer nahmen rechts und links von mir Aufstellung, deshalb blieb ich zunächst sitzen. Über den Kotflügel hinweg sah ich Athena auf das Auto zukommen, hörte einen der Männer etwas auf Italienisch bellen, kurz darauf einen Schmerzensschrei, die Männer neben mir sprangen um das Auto herum. Ich stand auf und sah, wie sie einen Körper wegschleiften, dem das Blut aus dem Hals schoss, in dem eine Stricknadel steckte. Ein Mann lag gekrümmt am Boden, Athena stand vor ihm wie ein Racheengel. Ich bückte mich, griff nach meinem Handy, das glücklicherweise noch da lag und sah, wie der gekrümmt Daliegende aus Athenas Reichweite kroch, sich aufstützend erhob und zum Auto taumelte. Türen schlugen, der Motor ihres Wagens heulte auf und sie brausten davon. Ich war sprachlos: „Machst du Kampfsport – oder …?"

„Diese verdammten Flaschen! Können nicht kämpfen!"

„Wow! Ich bin beeindruckt."

„Du brauchst keine Angst mehr zu haben."

„Nein. Ich glaube, das brauche ich mit dir wirklich nicht. – Und wohin fahren wir jetzt? Suchen wir uns nach diesem Schrecken besser erst einmal ein Hotel. Und vielleicht sollten wir heute Nacht – ich meine, ja, also – vielleicht könnten wir …"

„Du meinst, ich solle meine Jungfräulichkeit deinetwegen aufgeben."

„Jungfräulichkeit?"

„Ja."

„Aber du warst doch verheiratet?"

„Nicht wirklich."

„Nicht wirklich?"

33

„Nur auf dem Standesamt. Er meinte, das genügt. Aber mir bedeutete das nichts."

„Das ist im Grunde ja auch eher ein bürokratischer Akt. Dir fehlte wohl das Eigentliche dabei, das Feierliche, das Sakrale, also die kirchliche Heirat."

„Die Kirche muss ein Tempel sein."

„Natürlich. Auf keinen Fall so ein moderner Betontempel, sondern ein richtig altes Gemäuer, in dem die Geschichte von Jahrtausenden zu spüren ist. Erst dann ist das richtig feierlich."

„Du siehst, dass ich nicht wirklich verheiratet war. Aber nach so langer Zeit, habe ich beschlossen, dies zu ändern. Auch die Jungfräulichkeit aufzugeben."

„Wow. Eine – Jungfrau." Fast hätte ich alte Jungfer gesagt und verbarg mein Erstaunen nicht: „Das hätte ich nie gedacht."

„Ja, ich bin eine stolze Jungfer. Dennoch habe ich mir den Körper einer jungen Frau bewahrt. Heute Nacht soll es soweit sein."

„Schau, die Sonne kommt gegen Abend unter den Wolken hervor. Vielleicht sollten wir besser in das Hotel nach Agropoli zurückkehren, bevor es dunkel wird."

„Hotel!" Sie stieß dieses Wort so empört aus, dass es mich fröstelte und ich bereits Angst um das Hotel hatte. Wer weiß, was sie damit anstellen würde. Es hörte sich so verächtlich an, als würde sie es zumindest bis auf seine Grundmauern niederbrennen, und ich fragte daher lieber nicht, wo sie denn dann vorhatte, mit mir ihren ersten Geschlechtsakt zu vollziehen. Vielleicht würde dies einiges bei Athena verändern und sie daraufhin sanfter und in manchen Situationen weniger angespannt sein.

Noch nie hatte ich mich getraut, nackt in der freien Natur herumzulaufen, auch hier nicht, obwohl nur Athena und ich spätnachts an diesem uralten Ort waren. Athenas Körper war vollkommen und schimmerte im bleichen Mondlicht, während sie versonnen zwischen den Säulen wandelte, als bereite sie sich auf eine bedeutungsvolle Zeremonie vor. Es war so anders, als das, was ich bisher kannte. Da wurde nicht einfach unter der Bettdecke die Kleidung abgestreift oder sich auf dem Küchenstuhl oder auf dem Sofa geliebt. Die Einstimmung bestand auch nicht darin, zusammen eine Flasche Wein zu trinken, sondern in einer Vollmondnacht zwischen dorischen Säulen einher zu wandeln. Sie lehnte auf der gegenüberliegenden Seite des Tempels an einer Steinsäule und betrachtete mich mit ihren dunklen Waldseeaugen, deren Pupillen silberne Vollmonde waren. Es blieb mir nichts übrig, als meine Scham zu überwinden. Ich zog mich aus und ging barfuß zu ihr. Wir liebten uns im Athene-Tempel, als gelte es, eine heidnische Zeremonie zu vollziehen. Sie ritt mich zunächst, als sei ich ihr Gefährt, ein Gefäß, das sie füllte. Wir verschmolzen nach und nach miteinander, sie nahm mich in ihre ferne, unsterbliche Aura auf, zog an mir, knetete mich und erhob mich zu einem Gefühl der Freiheit, des Losgelöstseins, einer Erhabenheit, die ich mir nicht hatte erträumen können. Von nun an waren wir untrennbar vereint, und ich wusste, warum sie so verächtlich über eine Ehe per Standesamt gesprochen hatte. Solch eine Nacht war der einzig wahre Vollzug einer Ehe zwischen Mann und Frau.

Als wir uns in der Morgendämmerung voneinander lösten und ich mich zur Seite drehte, waren die Schmerzen wie weggeblasen. Von diesem Moment an konnte ich auf die Krücken verzichten und lehnte meine Gehilfen, die mir so gute Dienste geleistet hatten, an eine Säule, von der ich weiterhin annahm, dass sie dorisch war, damit ein anderer Bedürftiger sich ihrer bedienen könne. Möge auch er durch eine ähnliche Zeremonie von seinen Schmerzen erlöst werden, lächelte ich. Als die Sonne vollends aufgegangen war, beschlossen wir, der ländlichen Region Kampaniens den Rücken zu kehren und nach Pompeji zu fahren, auf dessen Besuch wir wegen meines Leidens verzichtet hatten. Während der Fahrt nach Pompeji hatte ich die Bilder Athenas vor Augen, wie sie im Licht des Vollmonds nackt zwischen den Säulen des Athene-Tempels in Paestum umherstolzierte. Wir sprachen auf der Fahrt nach Pompeji keine fünf Sätze, aber nie waren wir einander näher gewesen.

„Dein sexueller Appetit bereitet mir Sorgen", konstatierte Athena beim vierten Frühstück in Pompeji.

„Aber du genießt es doch auch."

„Sehr. Aber du bist etwas jünger und, sagen wir mal, bedürftiger."

„Aber unser Sex ist doch – wunderbar."

„Sollen wir heute zur Abwechslung zum Vesuv fahren?"

„Gerne."

„Also ich gehe davon aus, dass dies nur in der Anfangsphase so ist."

Die Weihnachtsstimmung am Morgen des fünfundzwanzigsten Dezembers war unvergleichlich. Überall war die italienische Leichtigkeit zu spüren. Die Carabinieri in ihren hübschen Uniformen wirkten freundlich wie Spielzeugsoldaten. Die Italiener kamen vom Gottesdienst oder vom feiertäglichen Morgencocktail. Jedenfalls wirkten sie ausgelassen. Fröhlich waren sie alle und die alte Stadt tat das Übrige. Obwohl wir *stranieri* waren, empfanden wir uns Hand in Hand über die Piazza schlendernd dieser Welt zugehörig – und ich stellte fest, dass ich mich, ohne es zu merken, in Athena verliebt hatte.

Am letzten Tag unseres Urlaubs durchstreifte Athena Pompeji, um einzukaufen. Sie suchte nach etwas Bestimmten, gleichfalls Ungewöhnlichen, zudem Besonderen, das man nicht überall, wenn überhaupt nur im hintersten Winkel eines Ladens aufspüren könne, der jedoch in solch einem Fall für sie eine wahre Schatztruhe sein würde. Hierin unterschied sie sich nicht von anderen Frauen. Nachmittags würden wir zum Aeroporto di Napoli-Capodichino fahren. Der Urlaub würde in ein paar Stunden vorüber sein und das Gefühl, dass etwas zu Ende ging, war wie immer, gerade am Abreisetag, deutlich spürbar. Aber unsere Geschichte sollte es nicht sein. Sie hatte sich bereits in Konstanz eine Wohnung reserviert, und als ich erwähnte, dass ich mir dort ein Appartement suchen und bis auf weiteres in eine Betriebswohnung ziehen würde, die sich in derselben Straße wie die Firma befand, was natürlich nur ein vorübergehender Zustand sein dürfe, unterbrach sie kurzerhand mein Geschwafel: „Du ziehst natürlich zu mir." Damit war alles gesagt. Ich brauchte nicht einmal zu antworten.

Während sie unterwegs war, packte ich schon einmal meine Sachen. Das war rasch erledigt, denn ich gab mir nie allzu große Mühe damit, zu Hause würde ich doch nur auspacken. Und wozu schmutzige Wäsche zusammenlegen? Ich wollte, sobald Athena zurück war, die gemeinsame Zeit für Besseres nützen als für Kofferpacken. Also schnappte ich mir auch ihre verstreut herumliegenden Utensilien und legte diese in ihren Koffer – in dem sich ein Umschlag befand. Oh, es war noch einer übrig! Hatte sie nicht gesagt, als ich meinen letzten Umschlag geöffnet hatte, der uns die Amalfitana entlang geschickt hatte, dass dies der letzte sei? Und jetzt lag hier noch ein Umschlag! Ich betrachtete dessen Rückseite, zögerte und nahm ihn schließlich mit spitzen Fingern heraus und drehte ihn um. Er war mit *Projektplan: BDU* beschriftet. BDU wie Blind Date Urlaub. Der Umschlag war nicht zugeklebt, wie die, die wir nach und nach geöffnet hatten. Ich zog ein zusammengeheftetes Papierbündel hervor, nahm es in die Hand, und bemerkte im Badezimmerspiegel, als ich zu Ende gelesen hatte, dass ich sehr blass geworden war.

Es war alles vorbereitet gewesen! Und ich hatte die ganze Zeit geglaubt, dass wir beide nicht ahnten, was passieren würde. Aber Athena hatte es die ganze Zeit über genau gewusst. Athena hatte alles geplant. Bis ins letzte Detail. Es gab einen Projektplan dazu, der in Phasen eingeteilt war. Und ich war das Ziel, unsere Verbindung das angestrebte Resultat der gemeinsamen Reise, dieses – Projekts. In den ersten Minuten, als ich begriff, was ich da las, spürte ich eine heiße Welle der Wut in mir aufsteigen. Und nun? Was sollte ich tun? Ich würde sie zur Rede stellen. Ihr die erbärmlichen Seiten entgegenschleudern, wenn sie das Zimmer betrat, in dem wir uns letzte Nacht noch ausgiebig geliebt hatten. Auf eine Weise, die immer noch in mir nachschwang. Die ich in mir spürte, seit wir uns im Athene-Tempel von Paestum das erste Mal vereint hatten. All das würde ich verlieren, wenn ich aufgrund meiner Entdeckung die Beziehung abbrechen würde.

Sie würde bald zurückkommen, konnte jeden Moment ins Zimmer treten! Wenn wir uns an unserem letzten Tag stritten, würde unsere kurze Geschichte wohl ein unrühmliches Ende finden. Wollte ich nicht unbedingt diese Beziehung? Es waren herrliche Tage gewesen! Unvergleichliche Stunden! War es nicht besser, ihr nichts zu sagen? Natürlich war es das! Und ob ich die Beziehung wollte! Also, ruhig bleiben, ausatmen, wenn ich ihr nichts sagte, dann hatte ich sie in der Hand, weil ich wusste, dass sie alles geplant hatte. Ich hörte Schritte auf dem Flur, nestelte die Unterlagen in Windeseile in den Umschlag, legte diesen in ihren Koffer. Lag er zuvor genau so? Sie sollte nichts merken! Nein, das durfte sie nicht! Ich musste mich so unauffällig wie möglich geben, stürzte ins Bad, während sie bereits die Tür öffnete, putzte mir nochmals die Zähne, um mich zu beruhigen und ein natürliches Verhalten vorzutäuschen. Während ich ausführlich Mundhygiene betrieb, konnte ich nicht reden und Athena legte einen in Zeitungspapier verpackten, länglichen Gegenstand, den sie wohl gerade erworben hatte, in ihren Koffer.

Vom ersten Moment an fühlte ich mich bei Athena heimisch. Es war, als hätte diese Wohnung auf mich gewartet. Es gab ein Gästezimmer, in dem ich meine Siebensachen unterbringen konnte. Dank meiner Außendienstjahre war ich einer jener wenigen Glücklichen, die nicht viel besaßen. Meine Siebensachen passten in zwei Koffer. So einen Mann hätte sie sich immer gewünscht. Ein Mann mit einem kompletten Hausstand wäre ihr verdächtig, und wenn ich eine Salatschleuder besessen hätte, wäre ich ihr nicht über die Schwelle gekommen.

Inzwischen hatte ich die Abteilungsleitung übernommen. Die größte Einzelabteilung mit über sechzig Mitarbeitern. „Du machst das", hatte sie gesagt.

„Ja?"

„Natürlich. Kommandant der Hopliten."

Damit war das erledigt. Ich hätte mir wieder ewig und drei Tage den Kopf über diese Entscheidung zerbrochen, und sie entschied innerhalb eines Wimpernschlags. Gut, ihre Augen waren auch immens und bei ihr mochte ein Wimpernschlag etwas länger dauern, als bei uns gewöhnlichen Sterblichen. Aber gerade das mochte ich an ihr. Sie war so anders als ich. Sie begründete nie. Wir diskutierten Dinge nicht oder zerlegten sie in sämtliche Teilaspekte. Diese Kleinkrämerei konnte ich doch eigentlich selbst nicht leiden. War ich deshalb mit ihr zusammen? Um eine ureigene, mutige Seite an mir wiederzufinden? Oder diese erstmals zu leben. Instinkte aktivieren und innerhalb eines Momentes intuitiv entscheiden. Oft kam es mir so vor, als kenne sie die Wahrheit, während ich noch vor einem undurchdringlichen Dunkel stand. Sie hatte einen klaren Verstand und behielt immer einen kühlen Kopf. Auch in den verfahrensten Situationen. Ich musste nur an den Reifenwechsel in unserem Italienurlaub denken. Durch Athena fand ich zu einem Wissen, das irgendwo tief in mir vergraben war. Sie hauchte mir die benötigte Weisheit geradezu ein. Ihrem unbestechlichen Blick konnte ich blind vertrauen und musste es manchmal auch, weil ich nicht immer sofort verstand, auf welchen Grundlagen ihre Entscheidungen basierten. Sie dachte auf völlig andere Weise.

Es lief aufgrund unserer unterschiedlichen Wesen jedoch nicht immer alles reibungslos ab. Während eines mittelschweren Streits verlor ich angesichts ihrer unnachgiebigen Haltung die Beherrschung und sagte Athena, dass ich alles wüsste. Ich hatte mich gerade ziemlich über sie geärgert, und während ich die ganze Zeit nichts preisgegeben hatte, wollte ich sie jetzt verletzen: „Du hattest alles von Anfang an geplant!"

„Alles?"

„Ich spreche von unserem Blind Date Urlaub, der nie einer war."

„Ach, das", sagte sie leichthin, als wäre das völlig unwesentlich.

„Ja, natürlich. Aber wie du siehst, weiß ich darüber längst Bescheid!"

„Ich weiß. Du hast es in Pompeij herausgefunden."

„Du weißt das?", fragte ich entgeistert und stand völlig verblüfft vor ihr.

Sie lachte über meinen Anblick: „Du solltest dich jetzt sehen können."

Aber ich war noch viel zu empört, um auf ihr Lachen einzugehen: „Was meinst du mit: Ich weiß?"

„Dass ich weiß, dass du weißt, was du weißt."

„Aber ich habe mir nie etwas anmerken lassen."

„Das war bewundernswert. Ich habe mich hin und wieder gefragt, wann du endlich damit herausrückst. Nicht einmal vor oder nach unserer Heirat hast du es erwähnt. Warum eigentlich nicht?"

„Ich wollte dich nicht bloßstellen und wohl auch nichts riskieren."

„Du hättest wirklich keine Angst haben müssen."

Sie tröstete mich bereits, dabei wollte ich doch mit ihr streiten.

„Offensichtlich nicht", sagte ich ratlos. „Aber woher wusstest du, dass ich dein Geheimnis entdeckt hatte?"

„Weil das Teil des Planes war."

„Das wird ja immer besser!" Der Streit war nun obsolet. Ich wollte nur noch wissen, was ich die ganze Zeit nicht gewusst hatte. Ich kam mir vor wie der naivste aller vertrottelten Ehemänner.

„Weil ich wollte, dass du es erfährst."

„Aber warum?"

„Ich wollte wissen, ob du bei mir bleibst. Wenn du trotz deiner Entdeckung zu mir stehst, dann würde das zwischen uns eine Zukunft haben. Ich prüfte, ob du mich genug liebst und begehrst, um mir das zu verzeihen."

Ich ließ mich in einen nahegelegenen Sessel fallen und stöhnte: „Nur gut, dass ich intelligente Frauen liebe. Auf die Idee wäre ich nie gekommen. Wie raffiniert!"

Ein gemeinsames Abendessen mit einem befreundeten Paar war für diesen Abend geplant.

„Können wir jetzt los, mein armer Liebling? Wir sollen um acht bei Iapetos und Klymene sein. Zieh dir doch bitte das helle Jackett an. Du würdest mir einen riesigen Gefallen damit tun."

„Und die neuen Nike-Turnschuhe dazu?", fragte ich bereits wieder völlig kompromissbereit. Das letzte Geheimnis, das zwischen uns stand, hatten wir jetzt hinter uns gebracht. So eine Aussprache hatte schließlich doch ihr Gutes und ich war wie stets der anschmiegsamste aller Ehemänner.

„Bloß nicht! Das würde ziemlich sicher für schlechte Stimmung sorgen."

Ich küsste sie, ging zum Kleiderschrank und freute mich auf die Nacht. Wie gut, dass aus dem Streit keiner geworden war. Wie gesagt, ich liebe selbstbewusste Frauen, wobei ich bei Athena nicht immer alles deuten konnte. Etwa, warum Nike Turnschuhe für schlechte Stimmung sorgen sollten? Aber Frauen wissen oftmals mehr und ich hatte es aufgegeben, mir Gedanken darüber zu machen, vertraute Athena einfach und tat, was sie sagte. Das erleichterte vieles.

Die-Vier-Jahreszeiten-Frau

Zwei Männer stapften durch den Schnee. „Es schneit immer noch", schwatzte der Kurator und sein Freund Benjamin ergänzte: „Wie habe ich früher das Schneeschippen verflucht."

„Und wusstest nicht, wie schön du es hattest."

„Irgendwie schon. Ich liebte es schon immer, ein Jahr im Verlauf seiner Jahreszeiten wahrzunehmen."

„Die Schneeflocken schweben! Die sinken gar nicht mehr."

„Du kannst sie durch die Kraft deiner Gedanken in der Luft halten."

Sie blieben stehen und starrten angestrengt in die schneeflockengesättigte Luft.

„Klappt's?"

„Ich verliere sie immer wieder aus den Augen."

„Aber sonst würde es funktionieren. Glaub mir."

„Der erste Schnee ist wie ein Wunder. Weißer Sternenstaub!"

„Du alter Aufschneider! Sag doch einfach Pulverschnee."

Der Wein exzellent, unermüdlich die himmlischen Schneekanonen, das Chronometer zapfte die Unendlichkeit an. Sporadisch züngelten Flämmchen im Glutgebirge des Kamins. Beharrlich umklammerten die drei ihre Gläser, als lodere darin das olympische Feuer, das zu behüten ihre

Aufgabe sei. Ihre Geister folgten den Irrlichtern der Trunkenheit auf dem verschlungenen Weg in die Untiefen ihrer verschütteten Gefühlswelten. Der Kurator kämpfte sich nicht ohne Mühe aus der weichen Bodenlosigkeit seines Sessels hervor: „Als liebe der Mond die Farben nicht!" Tatsächlich versah jenseits des Panoramafensters Lunas bleiches Licht die nächtlich unberührte Schneefläche mit einem kühlen Hauch Blau. „Es fehlt nur das Heulen eines Wolfes."

„Ich glaube, du hattest zu viel Wein", murmelte Benjamin.

Der Kurator blieb indessen hartnäckig: „Nein, nein! Lukas! Du warst doch schon dort – wo es so ist."

„Ja – aber es war noch schöner."

„Wenn du mir solche Bilder bringst, die noch schöner sind als diese Schneemond-Wolfsstimmung da draußen, dann mache ich eine Ausstellung damit", versicherte der Kurator und beschrieb einen Halbkreis mit seinem Weinglas.

„Ich suche und fotografiere ausschließlich meine Motive."

„Schränke dich nicht zu sehr ein und bleibe bitte offen für das Neue!"

Der Kurator nahm einen großen Zug der rubinroten Flüssigkeit und überließ sich kapitulierend dem Sog des Sessels: „Ah, ich sollte nicht so viel trinken. Aber dieser Wein, den du von deinen Reisen mitgebracht hast, ist einfach zu gut. Den darfst du nicht alleine trinken."

„Du warst schon fast überall", nickte Benjamin.

Lukas brummte bestätigend.

Benjamin, der den ganzen Abend sehnsüchtig das Bild einer Frau auf dem Kaminsims bewundert hatte, stellte endlich die Frage, die ihn die ganze Zeit beschäftigt hatte: „Und weil du so viel gereist bist, hat sie dich verlassen?"

„Wir wollten doch nicht darüber reden", tadelte der Kurator und widersprach sich im nächsten Moment selbst: „Aber ganz ehrlich, Lukas. Eine Frau wie Elena findest du so schnell nicht wieder. Das war sehr leichtsinnig und riskant von dir, sie so lange allein zu lassen."

„Das war es wohl."

„Eine schöne Frau hast du nie allein", warf Benjamin ein.

„Sie war treu, bis sie mich verließ!"

„Das kannst du nie wissen!" Benjamin setzte einen traurigen Hundeblick auf, als hätte er bereits einschlägige Erfahrungen hinter sich.

Der Kurator nahm feierlich das Bild vom Kaminsims: „Ich kannte Elena vor Lukas. In einer goldenen Kutsche hätte ich sie abgeholt und in mein Haus geführt." Obwohl ihm niemand widersprach, fügte er hinzu: „Oh doch, das hätte ich getan."

Benjamin deutete auf eine meterbreite Fotografie, die neben dem Kamin unter einem von vier Tellern hing: „Und deshalb hat sie dich verlassen. Entschuldige, aber du bist komplett verrückt, Lukas! Du hast sie tatsächlich deinen Hirngespinsten geopfert!"

„Seinen Idealen", korrigierte der Kurator. „Lukas, du musst ihm verzeihen, zu Anfang kommt einem deine Obsession ziemlich seltsam vor. Zumindest etwas gewagt. Aber ist große Kunst zu Beginn nicht immer ein aussichtsloses Unterfangen?"

„Ideale!", ein gewollt sarkastischer Unterton war in Benjamins Stimme: „Da würde ich lieber mit ihr leben. Scheiß auf die Ideale!" Er stand schräg, sich an der Sessellehne abstützend, nahm dem Kurator das Bild aus der Hand, auf das er den ganzen Abend gestarrt hatte und schaute es sich mit glänzenden Augen aus nächster Nähe an. „Sie ist sogar auf dem Bild eine beeindruckende Frau. Ich hätte *weiß ich was* für sie gegeben. Und du – du hast sie vernachlässigt … Und das deswegen?" Benjamin deutete in Richtung der großen Fotografie.

„Willst du noch ein Glas Wein, damit du über meinen Irrtum hinwegkommst?" Lukas lächelte, aber er wirkte ruhig und konzentriert, als hätte er den ganzen Abend nichts getrunken und würde ein imaginäres Gebilde fokussieren.

„Weißt du noch, was du gesagt hast, nachdem Elena auszog?" Der Kurator fiel kraftlos in seinen Sessel: „Vielleicht gibt es ja eine Frau, die noch besser zu mir passt."

„Ja, das habe ich damals gedacht, als sie mich verließ."

„Aber das war vor Jahren! Und du bist immer noch allein."

„Als Trost war es kein schlechter Gedanke. Und heute wünsche ich mir manchmal, jemand würde meine lange Abwesenheit beanstanden. Aber jetzt bin ich frei. Allein. Verurteilt zur Freiheit! So habe ich es wohl gewollt."

„Seit Elena dich verlassen hat, hast du nichts als deine Suche!"

„He, lasst uns eine Schneefrau bauen", rief Benjamin und sprang aus seinem Sessel. „Eine Winterbraut nach Lukas' Wünschen. Die Kraft der Gedanken! Du musst nur daran glauben! Dann kommt sie zu dir! Du wirst schon sehen!"

Den Winter hatte er zunächst inmitten Kopenhagens gefunden. Das Besondere konnte sich jedoch nur zu einer gewissen Uhrzeit ereignen, wenn kein Auto mehr fuhr. Eiskristalle umtanzten um vier Uhr früh schlittschuhlaufend-glückselige Studenten, die nicht betrunken, sondern berauscht, weil verliebt waren. Bei seinem ersten *Winterfund* machte er Zugeständnisse, verwarf leichtsinnig die Idee und das Bild eines zugefrorenen Dorfteichs. Wieso nicht? Sein Küchenteller musste eben ausgetauscht werden. Unübersehbar ein prächtig geschmücktes Hotel. Zugegeben, dessen Fassade war etwas überladen. Im Hintergrund der Nyhavn, der zu dieser Stunde und bei Minustemperaturen endlich still und nicht länger menschenverseucht dalag. Ach, wie schön die Backsteinhäuser in Kopenhagen doch waren. Dennoch: Vieles war unerträglich in so einer bunt schreienden und überlaufenen Schaufensterstadt. Aber nun, da die Stadt endlich schlief – mochte es gelten …

Er ließ einen neuen Teller bedrucken. Von nun an hatte er zwei Winterteller. Der Kopenhagen-Teller war eine Alternative, ein Ersatz. Im Verlauf der nächsten Monate – je öfter er die zwei Winterteller betrachtete und miteinander verglich – wurde deutlich, dass der neue Teller ein Surrogat, eine Entschädigung war – ein vorläufiges Ergebnis, bis er den wirklichen Winter gefunden haben würde. Aber er hatte immerhin etwas, wenn auch etwas Vorläufiges – denn er suchte seit Jahren und hatte Elena dadurch verloren. Hätte er sich Elena statt dieser Jagd gewidmet, dann sähe sein Leben heute ganz anders aus. Er sah sie vor sich stehen. Dieses Bild konnte er jederzeit reproduzieren, wie sie weinend und verzweifelt vor ihm stand: „Ich will Kinder. Und ich will ein Kind von dir. Aber du bist immer woanders. Du bist nie hier. Kaum bist du angekommen, musst du weiter." Inzwischen hatte sie vier Kinder von drei Männern und lebte mit dem Vater des jüngsten Kindes zusammen.

Niemand konnte ihn daran hindern, doch noch einen zugefrorenen Dorfteich zu suchen, dessen Kulisse die richtige war. Den Winter in Kopenhagen hatte er während seines Jahresurlaubs gefunden. Zu jener Zeit seines Lebens musste er auch in anderen Bereichen viele Kompromisse eingehen. Aber es war nicht der Winter, der auf dem Original-Teller abgebildet war. Er nahm den neuen Teller, den er eigens hatte brennen lassen, mit der prächtigen Kulisse des Hotels, den schlittschuhlaufenden Studenten, dem Nyhavn und zerschmetterte ihn auf dem Boden, sodass die Splitter im ganzen Raum umherflogen. Die auf eine Aluminiumplatte aufgezogene Fotografie nahm er ab und trug sie in den Keller.

So weit war er gegangen, hatte die Frau seines Lebens verloren und würde nun nicht klein beigeben und keine faulen Kompromisse eingehen. Dann wäre alles umsonst gewesen. Manche Dinge kann man eben nicht nebenher tun! Nebenberuflich! Was für ein schreckliches Wort! Genauso wie das Horror-Wort *Brotberuf*! Gewisse Angelegenheiten sind nicht im Vorübergehen ausführbar, in der verbleibenden freien Zeit. Ganz oder gar nicht! Sonst wird nichts Wirkliches daraus, sondern nur etwas lauwarm Unbefriedigendes. Er kündigte.

Er wagte den Sprung, um seine gesamte Energie und Zeit für die Suche einsetzen zu können. Mit neunundvierzig entfloh er dem goldenen Hamsterrad, was seine Umgebung mit ungläubigem Kopfschütteln quittierte. Da macht endlich einer mal ernst mit der Selbstverwirklichung, steht zu sich und seinen Idealen, ein beliebter Gegenstand unzähliger Lieder und Filme – und dann erntet er keinen Beifall dafür, sondern Kopfschütteln sowie mitleidige Blicke und wird als Sonderling abgestempelt.

Er lebte sehr einfach in dem winzigen Haus, wendete sämtliche Mittel für seine Reisen auf und würde so noch einige Zeit durchhalten können. Vielleicht hätte er vor Jahren schon von hier weg und in die richtige Stadt ziehen sollen. Aber gerade die besten Orte wurden im Handumdrehen entzaubert. Der übliche Verlauf, wenn der Mensch in Massen auftritt, die scheue Magie sich verflüchtigt und das Besondere widerstandslos ins Gewöhnliche übergeht.

Seitdem konnte er sich ausschließlich seiner Suche widmen. Es durfte nicht alles umsonst gewesen sein! Alles hatte er dafür aufgegeben! Einfach alles! Wenn er alleine ins Bett ging und um drei Uhr früh in blauseidener Nacht einsam lag, aufstand und ans Fenster trat, dann wusste er, was er verloren hatte. Und das war viel, das war alles, was ein Mensch zum Leben braucht. Es war ihm nur eines geblieben und das wollte, nein, musste er sich erfüllen. Erst danach würde er sich wieder um sich selbst kümmern können, um sein Mensch- und Mann-Sein. Dann würde er vielleicht wieder eine Frau finden und ein Stück vom guten, banalen Leben für sich beanspruchen dürfen. Aber erst *danach*, anders ging es nicht. Vielleicht wäre er unterdessen Mitte Fünfzig und bräuchte wieder einen Job, denn so vermögend, dass er für den Rest seines Lebens ausgesorgt hatte, war er nicht. Danach würde wieder alles möglich sein. Er würde sich um das eigentliche, wunderbar gewöhnliche Leben kümmern, seine Zeit den herrlich-simplen Aspekten des Daseins widmen. Er würde eine Frau finden und sich Ausgelassenheit und Tollerei zurückholen.

Elena: „Ich weiß ja, dass du die Teller von deiner Mutter geerbt hast."

Lukas: „Hmmm."

Elena: „Und sie früh gestorben ist."

Lukas: „Ja."

Elena: „Aber trotzdem geht das alles zu weit. Irgendwann muss es doch wieder normal werden."

Lukas: „Du hast ja recht."

Elena. „Du lebst doch jetzt mit mir – und die Vergangenheit ist vorbei."

Lukas: „Die Vergangenheit ist nie vorbei."

Elena: „Ich würde die Teller am liebsten in tausend Stücke zerschlagen."

Lukas: „Wie im Märchen."

Elena: „Wie heißt das Märchen?"

Lukas: „Die Schneekönigin."

Elena: „Wovon handelt es?"

Lukas: „Von den Splittern eines Spiegels, die Herz und Auge eines Waisenjungen treffen. Sein Herz wird daraufhin empfindungslos und seine Augen sehen nur noch hässliche Dinge."

Elena: „Ein wenig ist es doch so mit den Tellern. Sie haben deine Augen verblendet und machen dein Herz kalt. Hättest du sie doch nie geerbt!"

Lukas: „Geerbt ist vielleicht nicht das richtige Wort."

Elena: „Dann rede doch endlich mal gottverdammt!"

Sie verlor die Geduld, und es tat ihm oft leid, dass sein stures Verhalten der Auslöser ihrer Erregung und ihres Unglücks war. Aber er hatte sich nie wirklich geändert, so oft sie auch versuchte, mit ihm zu reden. Und so hatte er sie verloren.

Lisa betrat das Haus, als sie sich gerade heftig stritten. Sie wohnte seit drei Monaten bei ihnen und da es in letzter Zeit oft zu Auseinandersetzungen kam, wusste sie über alles Bescheid. Sie hatten Lisa über die Ursache ihrer Spannungen informiert, damit sie wenigstens verstand, worüber sie sich ereiferten, wenn sie schon nicht in der Lage waren, friedlich zusammen zu leben. Sie wollten sich vor Lisa nicht streiten, aber sie konnten nicht aus ihrer Haut und waren hoffnungslos in diese Diskussionen verstrickt. Lisa beteuerte hingegen stets aufs Neue, dass ihr das nichts ausmache, dass es ihr nur leid für sie tue. Sie war eine Studentin, der sie für ein Semester ein Zimmer vermietet hatten – und trotz oder gerade aufgrund all der Schwierigkeiten in jener Zeit, in der sie sich gegenseitig das Leben schwer machten, war sie so etwas wie ihr guter Engel. Lisa war kleiner als Elena. Sie hatte blonde Locken, die lustig herumbaumelten, die sie nie wirklich bändigen konnte, und sie war ständig damit beschäftigt, sich die Haare aus dem Gesicht zu streichen. Es war gut, Lisa im Haus zu haben. Ihr gelang es manchmal, die Unglücklichen von ihren Schwierigkeiten abzulenken. Lisa versuchte sie dazu zu bewegen, das Ganze nicht so schwer zu nehmen. Lisa schlug einmal sogar vor, dass Elena Lukas auf seinen Reisen begleiten sollte und sie dadurch einen gemeinsamen Weg finden könnten. Es wäre doch eine phantastische Idee und eine sehr romantische – und als Elena sie erzürnt ansah, fügte Lisa rasch hinzu: „Die Lukas jedoch vielleicht etwas zu fanatisch verfolgt." Es gelang ihr oft, Elena zu beruhigen, statt ihre Wut erneut anzufachen. Durch ihre ausgleichende Art glückte es Lisa, zwischen den Streitenden zu schlichten. Ihre pure Anwesenheit tat wahre Wunder. Dennoch wurden die Auseinandersetzungen heftiger.

Insgeheim sympathisierte Lisa mit Lukas' Vorhaben. Das vertraute sie ihm eines Morgens in der Küche an … Der Raum war vom Zwielicht der Dämmerung schwach erleuchtet. Barfuß hatte sie sich herangeschlichen, ihn zunächst angetippt, dann umarmt und ihm schließlich flüsternd gestanden, dass sie seine Idee fasziniere und sie gerne mitkommen würde. Sie sah ihn erwartungsvoll an. Ihre Ernsthaftigkeit überraschte Lukas, denn er hatte stets geglaubt, mit dieser Sache völlig allein zu sein.

Natürlich lobte er ihre Empathie, lehnte ihren gut gemeinten Vorschlag jedoch ab und sein Tonfall ähnelte vielleicht zu sehr jenem, in dem ein Erwachsener mit einem Kind spricht. Lisa hatte ihn daraufhin erzürnt angestarrt. „Dann eben nicht, du Trottel!" Das hatte sie tatsächlich gesagt. Statt ihr böse zu sein, hatte er geantwortet: „Ja, wahrscheinlich hast du recht und ich bin ein Trottel. Aber es geht nun einmal nicht, ich bin es Elena schuldig, dass wir, solange es irgendwie geht, es miteinander versuchen. Und du hast dein Studium und es bringt nichts, wenn noch jemand diesen Hirngespinsten sein Leben opfert." „Das ist zwar falsch, denn es sind keine Hirngespinste, aber es ist deine Entscheidung." Sie trat einen Schritt näher und eine verirrte Haarsträhne baumelte dabei erregt zuckend vor ihrem Gesicht: „Du musst wissen, Lukas, ich liebe das Besondere und das Ausgefallene! Und mir gefällt deine Idee. Ja, sie gefällt mir sehr. Du wirst schon sehen, wohin das führt. Irgendwann, du Spätzünder. Niemand weiß, wohin eine wirkliche Reise ihn entführt. Und das sind doch die einzigen Reisen, die all die Mühen wert sind."

Sie stellte sich auf die Zehenspitzen, hauchte ihm einen sanften Kuss auf den Mund, lächelte, als wüsste sie trotz ihrer Jugend alles, als hätte sie einen Plan, als lächle sie über die närrischen Menschen, die sich in ihrer eindimensionalen Erwachsenenwelt längst hoffnungslos verirrt hatten. Die nicht mehr ein noch aus wussten, obwohl alles so einfach sein könnte. Als Spätzünder bezeichnete er sich manchmal selbst und somit konnte er ihr das nicht anlasten. Er nahm ihr überhaupt nichts übel. Sie hatte Anteil genommen und war ehrlich gewesen. Es gab also keinen Grund, ihr böse zu sein.

Ihr Anblick verwirrte ihn an diesem Morgen jedoch sehr, und während sie lautlos wie sie gekommen war davonhuschte, fuhr er sich über sein Gesicht und dachte: Frauen in diesem Alter sind manchmal entwaffnend ehrlich.

Als er längst allein lebte, musste er oft an diesen Moment zurückdenken. An ihren bestimmten, authentischen Auftritt, der ihn sehr beeindruckt hatte. Vor allem, wenn er in schwierige Situationen geriet und das Gefühl hatte, alles falsch zu machen und Hirngespinsten hinterherzujagen. Dann dachte er daran, dass ihn eine junge Frau in der ihrer Jugend innewohnenden Weisheit verstanden hatte. Aber sie war wohl die Einzige, die seine Obsession teilte.

So nah kam ihm nicht einmal sein bester Freund, der Kurator, bei dem sich wie immer alles um eine Ausstellung drehte. Dafür suchte er erlesene, außergewöhnliche Sujets und stellte nicht zum gähnend-hunderttausendsten Mal Gauguin, Monet, Picasso oder Hundertwasser aus, die man schon in allen anderen Museen dieser Welt hatte sehen können. Das musste man ihm lassen. Der Kurator war ein Förderer und Entdecker von neuer Kunst. Er witterte geradezu, wenn irgendwo etwas im Entstehen war, und wurde fuchsteufelswild, wenn daraus keine Ausstellung wurde. Wie ein Bluthund verfolgte er potentielle Künstler und drängte sie voranzukommen. Lukas hatte das Engagement seines Freundes immer sehr geschätzt. Wer macht das heute noch? Es wird ausgestellt und verlegt, was Erfolg hat und lukrativ ist. Wer setzt noch auf die Unbekannten?

In der Ukraine schmeckten die Eier noch nach Eiern. Inmitten eines entlegenen Landstrichs lebte eine Bauerngroßfamilie in einer einfachen Kate. Beim Frühstück an dem kleinen Fenster, dessen obere Hälfte von dem strohgedeckten Dach verdeckt wurde, musste er daran denken, wie er sich in Kopenhagen eingeredet hatte, die Winterkulisse gefunden zu haben. Zu lange hatte er an diesem Irrtum festgehalten. Inzwischen war er erfahrener. Solch eine Fehleinschätzung würde ihm hoffentlich nicht noch einmal unterlaufen. Er war kritischer geworden und prüfte ausführlicher mit der Genauigkeit jahrelanger Kenntnis. Der anfängliche Überschwang war längst verflogen und einer geduldigen Ernsthaftigkeit gewichen.

Lukas hatte das Gefühl, dass er seinem Ziel sehr nah gekommen war. In der Ukraine würde es vielleicht möglich sein, den Sommer zu finden. In seinem Rucksack wusste er, gut verpackt, einen der ihm heiligen Teller.

Nach dem Frühstück packte er und als der Bauer das Buch sah, bekreuzigte er sich. Er ließ das kleine Gogol-Büchlein schnell in den Untiefen des Rucksacks verschwinden, denn Teufel und Hexen sowie das Dämonische und Phantastische kommen in Gogols unheimlichen Erzählungen vor. Sein Vater habe ihm aus Gogols Büchern vorgelesen, erklärte der Bauer, als er noch *sehr klein* gewesen war. *Sehr klein* sei er gewesen, wiederholte der Bauer und trat nahe an Lukas heran. *Zu klein dafür,* zischte er und schaute ihn mit weit aufgerissenen Augen an. Lukas versuchte von Gogol abzulenken und erwähnte nochmals sein heute angestrebtes Ziel.

„Nein, es ist kein Dorf." So viel verstand er. Er bereitete sich auf die jeweiligen Reisen vor und konnte sich inzwischen in sechs Sprachen halbwegs verständigen.

„Nur ein paar Häuser."

Eine kleine Ansiedlung also. Ein Weiler. Wenn dazu noch die Landschaft passte … Er sah das Bild auf seinem Teller genau vor sich und seine Augen leuchteten. Ein Hoffnungsschimmer. Er zwang sich zur Ruhe, sonst würde die Enttäuschung erneut zu groß sein. Und bisher hatte kein Ort seinen Vorstellungen genügt. Er trank seinen Kaffee aus, schulterte den Rucksack und machte sich auf den Weg. Der Bauer stand vor seiner Türe und sah ihn über die Wiesen davongehen. Er folgte der angegebenen Richtung und registrierte, wie der Bauer sich ein wenig bückte, um wieder ins Haus zu gehen. Es versprach ein sehr heißer Tag zu werden. Vereinzelte Federwölkchen standen am Himmel. Es würde ein prächtiger Sommertag werden, einer jener einzigartigen, seltenen, perfekten Ausnahmetage. Ein Tag, der so wunderbar sein würde, dass eigentlich alle darüber reden müssten und dieser Tag als das Abbild des Sommers an sich in die Geschichte eingehen könnte. Vorausgesetzt, es gäbe Registratoren, die sich solchen Angelegenheiten widmen. Was ist schöner, als durch eine ursprüngliche Landschaft zu wandern? Drei Stunden ging er durch die Morgendämmerung und die verzauberte Sommerlandschaft der Ukraine, bis er in der Ferne die vom Bauern beschriebene Ansiedlung erblickte. Sein Herz schlug unwillkürlich schneller. Schritt für Schritt kam er näher, spähte ängstlich nach Störendem, nervös nach Unpassendem, nach etwas, das das perfekte Bild zerstören würde … Aber diesmal … Vielleicht! Endlich! Er wagte es kaum zu denken. Heute könnte … Noch immer sah er nichts, das alles verdarb und zunichte machte. Linkerhand war noch ein Hügel. Was sich wohl dahinter verbarg …

Er holte den Teller aus seinem Rucksack, hielt ihn neben die Kulisse, verglich, legte übereinander. Lange stand er unbeweglich, bis er schließlich nickte. Er legte achtsam den Teller weg, holte seine Kamera heraus und betätigte nur einmal den Auslöser. Die Details würde er später festhalten. Er konnte jederzeit an sein sommerliches Shangri-

La zurückkehren. Endlich hatte er den ersten Ort gefunden. Ein Viertel seines Wesens war zusammengefügt. Zuerst hatte er also den Sommer gefunden. Herbst, Winter und der Frühling fehlten noch. Mit dem Frühling würde es schwer werden. Lukas' Ansprüche waren riesig. Eigentlich unerfüllbar.

Es begann damit, dass er die gemeinsamen Urlaubsreisen so plante, dass sie jenem eigentlichen Zweck dienten. Er sagte Elena in den ersten Jahren nicht, wonach er suchte, bis sie es eines Tages herausfand. Natürlich hatte sie sich bereits gefragt, warum sie im gemeinsamen Urlaub an solch wohl verborgene, abgeschiedene Orte reisten, bis sie eines Tages einen Teller in seinem Gepäck entdeckte, kurz starr stand und dann in schrilles, nicht endend wollendes Gelächter ausbrach. Sie hatte einen ungläubigen Ausdruck im Gesicht: „Warum hast du nichts gesagt? Dass du solche Geheimnisse vor mir hast!" Noch Jahre später warf sie ihm vor: „Du hast mich jahrelang an der Nase herumgeführt! Du kleiner, mieser, verlogener …"

Sie hielt nach diesem ersten Schock der Entdeckung zu ihm, aber sie stellte klar, dass sie keine lebenslange Dulderin sei. Als er immer öfters unterwegs war, seine Suche zur Manie wurde, stellte sie ihn zur Rede: „Du machst hier alles nur noch mechanisch und im Hinterkopf bist du unablässig *davon* besessen. Nach wie vor! Und lebst ausschließlich dafür! Alles andere ist Kulisse! Du wartest unablässig darauf, damit weitermachen zu können. Ich liebe dich wirklich, sonst hätte ich dir damals nicht den Heiratsantrag gemacht. Ich will dir das nicht wegnehmen, aber es darf nicht so viel Macht über dich gewinnen." Seine Suche hatte sich in eine starke Sucht verwandelt. Sie gestand sich ein, dass er sich nicht ändern würde.

Noch einmal hatte er, nach einer langen Aussprache und einem letzten Ultimatum, das, was sie als Besessenheit bezeichnete, ein paar Jahre unterdrückt. Bis es eines Tages wieder da war, als sei es nie weg gewesen. Höhnisch grinsend stand es vor ihm und zischte: „Du hast nie wirklich geglaubt, dass du mich je loswerden würdest! Nein, und das wolltest du doch auch nicht! Du bist doch froh, dass ich wieder da bin! Nun hat dein Leben endlich wieder einen Sinn."

Elena hoffte, dass es nur ein kurzes Aufflackern seiner alten Sucht sein würde. Die ersten Jahre wäre er mit seinem Herzen dabei und sie das Wichtigste in seinem Leben gewesen. Aber das sei anders geworden, unmerklich, kaum spürbar im Verlauf einzelner Tage. Er verändere sich, seine Haltung zu ihr, seine Umarmungen würden mechanischer, die Orgasmen waren nicht mehr so verwunderlich und kostbar. Ihr Leben eine Aneinanderreihung von Wiederholungen. Sie ertappte ihn, wie er sehnsuchtsvoll durch die Dachluke den Mond anstarrte, vor sich die Karte eines fernen Landes ausgebreitet. Damals hatte sie begriffen, dass er längst wieder jenen anderen Mächten gehörte. Dennoch vergingen Jahre, bis sie sich von ihm trennte. Sie verließ ihn, als er auf einer ergebnislosen Herbstreise ausgedehnt unterwegs war. Wer zu lange ausbleibt, wird irgendwann nicht mehr vermisst!

Endlos war er damals gereist. Er hatte den perfekten Herbst gesucht. Die Wolken konnten nicht grau genug sein, nicht gebührend stürmisch zerfetzt, die Drachen mit Papierfliegenschwänzen nicht fröhlich genug am Himmel taumeln. Es musste ein Herbst sein, wie es so schön ihn auf dieser Welt nie geben konnte und dennoch geben musste! Lukas wollte die Hoffnung nicht aufgeben. Jahrelang suchte er mit dem jeweiligen Teller im Gepäck. Wie oft hatte er diese vor eine Kulisse gehalten und verglichen! Er studierte Gemälde unzähliger Maler, durchsuchte die ungewöhnlichsten Reisehandbücher nach Hinweisen, las das Internet leer, wanderte tagelang, während seine Augen ruhelos umherschweiften. Er staunte und suchte, schaute und hörte sich um, recherchierte und radelte, nahm die Eisenbahn oder das Auto, drang in die entlegensten Winkel der Welt vor. Er entdeckte und verglich, wartete auf die richtige Stimmung und seufzte melancholisch, wenn es fast passte, aber nicht ganz, er verglich und summierte, strich ab und erfand hinzu, phantasierte und legte übereinander, kostete aus und genoss, lebte und frohlockte, wenn es beinahe, nahezu, aber noch nicht ganz …, haderte andernorts, wenn es zu weit entfernt war von dem, was er suchte, negierte und verwarf – und verdarb so manche Reise damit.

„Schließ endlich ab damit oder du wirst mich verlieren", hatte sie ihn gewarnt. Bei seiner Abreise sah sie ihn so durchdringend und traurig an, dass er hätte wissen müssen: Dies ist die letzte Warnung und bei deiner Rückkehr wirst du ein leeres Haus vorfinden. Nie war er mit so gemischten Gefühlen abgereist und die ganze Reise über hatte er sich schlecht gefühlt. Er war jedoch nach wie vor der Meinung, dass die naive Malerei nicht nur von Elena zu gering geschätzt wurde, sondern gerade in der Kunstszene zu wenig Anerkennung erfuhr.

Im verbauten und engen Europa war es nicht einfach zu finden, wonach er suchte. Als er damals auf der Suche nach dem stürmischen Herbst in Nordschottland gewesen war, hatte ihn Elena endgültig verlassen. Zugegebenermaßen waren damals aus Tagen Wochen und aus Wochen Monate geworden. Es ging um vier Jahreszeiten, um vier Bilder, um das Küchentellerquartett seiner Mutter. Die darauf abgebildeten Gemälde mit Motiven der naiven Malerei waren Vorlagen, an denen nicht gerüttelt werden durfte. „Wenn sie wenigstens kostbar wären", hatte sich Elena beklagt. „Du jagst einem Hirngespinst hinterher."

Den Herbst fand er schließlich in Finnland. Er reiste weit hinauf in den Norden, in eine Region, in die sich um diese Jahreszeit keine Touristen mehr verirrten. So fand er ein weiteres Mal und war weniger glücklich als verwundert. Es mischte sich bereits eine erste Wehmut des Erreicht-Habens in den Triumph. Nach dem heißgeliebten Ukrainesommer hakte er den Herbst in Finnland ab und wusste nun, dass er ihn vermutlich auch in Schottland hätte finden können. Nun durfte er noch den Frühling und den Winter suchen. Lange und akribisch würde diese Suche sein. Denn der Frühling war sein heimlicher Favorit. Ihn liebte er am meisten, ihn zog er allen anderen vor.

Er lauerte gewissen Wetterkonstellationen auf – und wenn die Voraussagen günstig waren, reiste er los. Es gab nun niemanden mehr, der ihn aufhalten wollte, von seinen Reisen abzubringen suchte, weder Firma noch Frau. In seinen Träumen wurde er zu einer Figur inmitten eines Bildes naiver Malerei: Der zentrale Schlittschuhläufer mit wehendem Schal, der alte Mann mit Eis im Bart, der reglos am Rande stand, die auf dem Eis Tobenden betrachtete und sich seiner Kindheit erinnerte. Während sich ein paar Meter weiter die Tiere im Schilf versteckten, die, genau wie der alte Mann, misstrauisch den bunten Tumult beäugten und sich fragten, wann der Teich wieder ihnen gehören würde. Während im Hintergrund aus verschneiten, strohgedeckten Häusern Rauch aufstieg, das Backhaus dampfte und rundlich verpackte Frauen auf Brettern wohlriechende Brotlaibe durch die Schneeluft trugen. Das war das Winterbild, das er suchte.

Lukas schlief im Zelt in seinem Winterschlafsack, der bis -22 Grad Celsius Komfortbereich versprach und zweieinhalb Kilo wog.

Seit Stunden war er mit Schneeschuhen auf dem oberschenkeltiefen, endlosen Weiß unterwegs. Seine Tränen geronnen zu Perlen, in seinem Bart wuchsen winzige Eiszapfen, aber er sah vor sich: Den Dorfteich, Schlittschuhläufer, einfache Häuser, aus deren Schornsteinen Rauch stieg, dahinter ein lichter Wald und darüber ein weißblauer Himmel. Alles blendend grell und still, bis auf die sporadischen Rufe und Jauchzer, die in den weiten Himmel stiegen, sich inmitten dieser völligen Abgeschiedenheit verloren … Hier würde er eine Zeitlang bleiben, hier waren Kälte und Schnee nicht auf Stunden und Tage beschränkt, hier hatte des Menschen Werk weder den Winter vertrieben, noch die Natur verschandelt, hier lebte man noch im Einklang mit der Natur, anerkannte ihren Wert und ihre Größe. Er hielt den Teller in der handschuhbewehrten Hand und legte ihn deckungsgleich über die Kulisse und knipste zunächst nur ein einziges Bild. Erst wollte er eins werden mit dem lange ersehnten Anblick. Die Details würde er später fotografieren.

So zog er weiter durch die Welt, legte Fotografien neben- und übereinander, verglich, bedruckte Teller, hängte sie auf, zerbrach sie wieder, markierte die Orte auf der Landkarte mit einem gelben Fähnchen für *beinahe*, mit rot für *untauglich*. Und ein grünes Fähnchen wartete noch auf den perfekten Ort.

Warum suchte er den Frühling so lange? Warum war dieser kostbarer als Sommer, Herbst und Winter? Weil er im frühen Frühling geboren wurde? Anfang April. In der Zeit der Krokusse. Sein Geburtstag lag oft vor dem Osterfest. Weil er sich selbst suchte? Aber was heißt das schon? Er suchte nicht sich, er suchte sich im damaligen Jetzt, den Glanz seiner Kinderaugen, jene verlorengegangene Stimmung seines unverfälschten Gemüts. Als Kind fühlte er direkt und unverbogen, lachte und weinte innerhalb einer Minute. Hoch aufjauchzend und himmelweit betrübt zu sein – alles war früher intensiver und nicht voneinander getrennt. Damals war er unverfälscht und gierig, mit der Welt durch einen innigen-heißen Draht verbunden, maximal glücklich und tieftraurig tränenbetrübt, Kind und Unschuld, gegenwartsecht und lebendig gewesen, mit einem Wort: naiv.

Jedes Leben braucht einen Inhalt. Wir stellen viele Motive zur Schau. Tief im Innern ist es meist nur ein Beweggrund, den wir gerne verschweigen. Ob es Lukas' Manie anderswo, wenn auch leicht variiert, noch einmal gab? Er wusste es nicht. Sein Motiv war friedlich, harmlos, nach innen gewandt und gestaltete die Welt weder besser noch schlechter. Auch er bestätigte sich in seinen Angelegenheiten, pflichtete sich bei und redete sich gut zu. So wie wir das alle tun.

Beim Frühling würde er keine Kompromisse machen. Denn er war das eigentliche Ziel seiner Suche, das Ende einer Lebensphase, der Übergang in etwas Neues. Wie großartig das Gefundene auch sein mag, wie mächtig der Triumph über eine Auszeichnung, das Glück über ein erreichtes und verwirklichtes Ziel – hält so etwas doch nie lange an, ist es mit dem Erreichen desselben eigentlich fast schon wieder vorüber. Es wird gefeiert und Beifall geklatscht, aber länger als einen Tag und eine Nacht währt die Genugtuung selten. Übergangslos ist es vorbei.

Wie hatte alles einst begonnen? Manchmal stellte er sich diese Frage, um sich auf seinen endlosen Reisen, im Strudel des Erlebens, beim Aufspüren einer Fährte nicht zu verlieren. Um inmitten des Umherstreifens in der Natur, tagelang allein in einer abgelegenen Region, durch Einsicht seine Leidenschaft zu zügeln. Dabei wusste er genau, dass er längst verloren war. Er konnte nicht ruhen, bis seine Suche abgeschlossen sein würde. Er nahm Märsche durch unwegsames Gelände, Hunger, Kälte und wechselhafte

Entbehrungen auf sich. Wenn Wolken sanft durch das weite Blau segelten, buntes Laub die Welt färbte und der Städte tausendjährige Architektur durch Menschenwerk nicht zerstört worden war, fand er, selten genug, eine wonnige Atmosphäre. Aber irgendwann war er es müde, diesen Eindrücken hinterherzujagen. Er wollte endlich den Frühling finden. Eine von vier magischen Stätten, die die reinen Stimmungen abbildeten, für ihn gleichsam einfroren und somit für alle Zeiten festgehalten waren.

Er brauchte diese vier Orte, die mustergültig seine Sehnsucht ausdrückten und verkörperten, die er zu der entsprechenden Jahreszeit würde aufsuchen können. Dort konnte er jederzeit makellose Stimmungen wiederfinden, weil sie dort umgesetzt wurden, als ob ein idealer Gott die Kalenderblätter über eine Landschaft gehalten und sie erschaffen, aus dem Nichts gezaubert hätte, nach dem Abbild der perfekten Naiven Malerei geformt. Der Schöpfungsakt war für ihn nichts anderes als eine Blaupause seiner geliebten Wandteller, jenen nahezu unerreichbaren Traumbildern. Bereits sein halbes Erwachsenenleben suchte er nach ihren greifbaren Ebenbildern.

Als Kind wurde ihm diese Leidenschaft injiziert, jene lebenslange Besessenheit übertragen. Sie wurde ihm sozusagen durch seine Mutter verabreicht. Sie war sehr zärtlich und liebevoll, aber oft kränklich und klagte über Schmerzen und dass sie ständig diese verdammten, Gott-sei-Dank-gibt-es-die-Dinger, Tabletten nehmen müsse. Sie war immer tiefer in eine Schmerzmittel-Traumwelt abgedriftet, während sie die letzten Monate ihres Lebens im

Bett verbrachte. Sein Vater flüchtete sich in die Arbeit und kam erst spät nach Hause. So wurde er zum treusten Gesellschafter seiner schwerkranken Mutter. „Ich hatte noch so viel vor, wollte dich aufwachsen sehen, dir vielleicht noch ein Geschwisterchen schenken, sehen wie du groß und ein Mann wirst, heiratest oder die Welt eroberst."

„Kann ich nicht heiraten *und* die Welt erobern?", fragte er.

„Vielleicht. Vielleicht auch nicht. Du wirst es herausfinden."

An einem Spätnachmittag, als er an ihrem Bett saß, wenige Tage bevor sie starb, bat sie ihn, in die Küche zu gehen und die Teller zu holen, die dort an der Wand hingen. Er musste die Teller so in ihrem Zimmer aufhängen, dass sie diese jederzeit gut sehen konnte. Er tat dies und sah sie danach fragend an. „Man kann nicht alles erreichen, nicht überall sein und das ist vielleicht auch gar nicht nötig. Man kann viele Orte auch mit dem Geist und vor allem mit dem Herzen bereisen. Es nützt dir nichts, wenn du mit einem Stein in der Brust die schönsten Orte der Welt aufsuchst, um im Moment der Ankunft, im ersten Moment, statt wirklich dort zu, deine Kamera zückst und statt ergriffen zu sein, Bilder sammelst, um zu haben, festzuhalten und die fette Beute mit nach Hause zu nehmen, statt ein Teil dieser Welt zu sein, zu staunen und auf deine Art zu beten, zu meditieren oder wie man das auch immer nennen mag."

„Und die Teller?"

„Die Teller helfen mir, mit dem Herzen an diese vier Orte zu reisen und ein letztes Mal glücklich zu sein", stöhnte sie und er wusste nicht, ob sie noch klarsah und inwieweit die Tabletten ihr Bewusstsein trübten. Er überblickte nicht mehr, wie viele Medikamente sie genommen hatte. Eine Stunde später stöhnte sie erneut vor Schmerzen, verfluchte alles und jeden, und nachdem eine weitere Dosis ihre Wirkung zeigte, sagte sie erschöpft und verschwitzt: „Die verdammten Teller. Ich wäre so gerne dort gewesen. An diesen vier Orten. Wie gerne würde ich noch einmal die vier Jahreszeiten erleben. Als gesunder Mensch. Warum kann das Leben nicht so gut, friedlich und naiv, wie auf den Tellern sein? Warum muss es so grausam und ungerecht, voller Schmerzen und zu kurz sein? Weißt du, was ich mich immerzu frage? – Was habe ich getan, wodurch ich das verdiene? Aber das ist sinnlos, so etwas zu fragen. Die Natur erklärt nicht und sie entschuldigt sich nicht. Sie hat ihre eigenen Gesetze." Ihre zerbrechlichen Finger tasteten seinen Arm ab und fanden Ruhe in seiner Hand: „Geh du für mich, finde die Orte und bring mir je ein Bild von ihnen. Willst du das für mich tun?" Er nickte und vermutete, dass sie das nur sagte, um es einfacher zu machen, damit sie noch etwas Hoffnung in ihre Phantasie hineinmogeln konnte, damit noch etwas Schönes in diese schmerzerfüllten Stunden kam. So war sie immer gewesen. Sie hatte stets das Schöne gesucht. Jeden Tag musste sie eine Ration davon abbekommen, und wenn sie vor dem Schlafengehen nur noch einmal nach draußen lief und sich intensiv umschaute.

Er wusste, dass er dies nicht zu tun brauchte, und dass sie das auch gar nicht so gemeint hatte. Ihr Auftrag hatte nur dieser Situation gegolten, als Hoffnungsschimmer, als ihre tägliche Ration vom Glück. Mehr wollte sie damit nicht bezwecken. Aber obwohl er das ahnte, konnte er nicht anders. Er musste ihr diesen Wunsch erfüllen. Natürlich wusste er, dass sie nie gewollt hätte, dass er ihretwegen seine Ehe ruinieren und seine Frau verlieren würde. Wäre sie noch am Leben gewesen, hätte sie gelacht und ihn ihren dummen, großen Jungen genannt, ihm im Handumdrehen die Reisen ausgeredet. Sie hätten zusammen gelacht und damit wäre es abgetan gewesen. Aber sie war nun mal nicht mehr da, und er tat es aus einem weiteren, sehr eigennützigen Grund: Er hatte eine starke Passion für Absonderlichkeiten! Zudem war es seine Hommage an die Natur. Andererseits stellte er in regelmäßigen Abständen Überlegungen an, wohl weil er sie nach wie vor liebte, wie er Elena dazu bewegen könnte, zu ihm zurückzukehren. Aber sie hatte wieder geheiratet und war sicherlich glücklich. Ja, sie hat mich deswegen verlassen. Aber hätte er anders gekonnt? Hatte er eine Wahl gehabt? Hätte er sich anders entscheiden können? Oder sind solche Dinge für alle Zeiten festgelegt?

Die Zeit war gekommen, den Frühling zu suchen. Im Frühling wurde er geboren und im Frühling will er sterben, im frühen Frühling, wenn die Krokusse aus dem Boden sprießen … In Indien verlässt mancher Mann seine Familie, nachdem die Kinder groß sind und er seine Pflichten als Ernährer, Vater und Ehemann erfüllt hat. In einfache Gewänder gehüllt, ziehen sie durchs Land, um ihr Seelenheil zu suchen. In Indien gibt es eine Kultur für solche zum Menschsein gehörende Lebensphasen. Hierzu ist Europa noch nicht bereit. Es wird noch einige Jahrhunderte dauern, bis wir soweit sein werden, um etwas von der

Weisheit anderer Völker zu verstehen. Aber dafür müssen wir zuvor noch unseren Hochmut ablegen und vielleicht irgendwann …

„Ich hatte es dir damals, als es so wahnsinnig schneite, versprochen. Weißt du noch?"

Immer wenn Lukas gefunden hatte, wonach er sehnlichst suchte, hatte er das zum jeweiligen Teller gehörende Motiv aufgenommen. Zudem schoss er zu einem späteren Zeitpunkt jeweils eine Serie von Bildern mit Einzelansichten, Teilszenerien, rückwärtigen und seitlichen Ansichten.

„Bei der Ausstellung werden einzelne Bilder immens vergrößert", hatte sein Freund, der Kurator, zu Lukas gesagt.

Noch ein letztes Mal hatte Lukas widersprochen: „Aber es sind doch nur drei."

„Deshalb heißt die Ausstellung auch Drei-von-Vier."

„Aber es ist doch seltsam, eine unvollständige Ausstellung zu machen."

„Du denkst falsch, du rückständiger, nach nie erreichbarer Perfektion strebender Künstler. So wirst du nie fertig, und die jungen Leute werden dich überrunden. Wenn du wüsstest, was alles ausgestellt wird! Im Vergleich dazu hättest du bereits vor Jahren ausstellen können. Schau dir doch nur all die Bilder an, die auf deinen Reisen entstanden sind."

„Ich gebe auf. Gegen dein Redetalent komme ich sowieso nicht an."

„Und Drei-von-Vier ist sogar weitaus besser als Vier-von-Vier. So können die Besucher nach der fehlenden Jahreszeit suchen. So haben sie einen Auftrag, werden Teil des Ganzen. Interaktiv schimpft sich das heute und ist ein Muss."

„Wenn du meinst", hatte Lukas gesagt und wehmütiges Bedauern verspürt, dass ihm sein Motiv aus den Händen genommen und der Öffentlichkeit übergeben wurde.

Die allerletzten Vorbereitungen für die Ausstellung liefen auf Hochtouren, als vor seinem Haus ein Auto hielt, dem der Kurator entstieg. Er würde ihn sicher daran erinnern wollen, unbedingt bei der Eröffnung der Ausstellung zugegen zu sein. Morgen würde es soweit sein. Er befürchtete viel zu normal und gewöhnlich zu wirken, unter all den adretten, kunstsinnigen und gewandten Menschen, die ihr Champagnerglas mit angemessener Geschicklichkeit halten und nähertretend eines seiner Reisebilder, etwa wie er in Rumänien zeltete, studieren würden. Zurücktretend würden sie den Kopf leicht schief legen und die riesigen Fotografien betrachten. Diese nahmen ganze Wände ein, sein Freund der Kurator hatte darauf bestanden, sie gigantesk zu zeigen. Die Teller hingen jeweils seitlich darunter, wirkten winzig klein, waren den Fotografien als Motiv unterstellt.

Der Kurator betätigte vehement den Türklopfer. Er musste aufgeregt sein. So etwas stellte Lukas bereits an der Art, wie jemand anpochte, fest. Natürlich, morgen war es soweit und der Kurator war wohl wie stets vor Ausstellungsbeginn ein Nervenbündel.

Er öffnete betont langsam.

„Du wirst nicht glauben, was ich dir jetzt sagen werde", rief der Kurator und musste wirklich komplett überspannt sein, weil er ihn nicht einmal begrüßte.

„Wie wäre es mit einem Glas Beruhigungswein?"

„Vergiss deinen Scheißwein!"

Es musste etwas Außergewöhnliches sein. Wahrscheinlich war diesmal wirklich etwas schief gegangen. So aufgeregt hatte er den Kurator noch nie erlebt.

„Was ist denn?"

„Es ist die gleiche Person."

„Die gleiche Person?"

„Im Winter und im Sommer."

„Was meinst du damit?"

„Stell dich nicht blöder an, als du bist."

„Das ist unmöglich."

„Und doch ist es so. Und vielleicht ist sie auch in deinem Herbstfoto. Da bin ich mir nicht ganz sicher. Los! Komm! Das musst du sehen."

Sie fuhren ins Museum, und der Kurator zeigte Lukas die vergrößerten Details.

„Da. Die Schlittschuhläuferin – und hier die Tänzerin unterm Baum – inmitten des Sommerfestes."

„Das ist unmöglich", stammelte Lukas und musste sich setzen. Nun war es an ihm, ein Glas Beruhigungswein zu trinken, welches ihm der Kurator reichte. Sprachlos saßen sie vor den wandfüllenden Fotografien und die Angestellten des Museums wunderten sich nicht wenig, dass ihr Chef einen Tag vor der Ausstellung so ruhig dasaß, und sie ungestört arbeiten ließ. Sonst war er immer wirbelwindartig herumgesprungen. Diesmal saß er da und sagte nichts. Das hatte es noch nie gegeben.

Ihr dritter Mann sah Lukas nicht gerne, wenn er auch versuchte, sich nichts anmerken zu lassen. Er ließ sie miteinander allein. Was blieb ihm auch anderes übrig. Sie standen sich in ihrer Küche gegenüber, die eine gelungene Mischung aus gemütlich und hochmodern war. Das Küchenbüffet ihrer Großmutter. Interessant. Das hatte er völlig vergessen. Dabei hatte es jahrelang in *ihrer* Küche gestanden.

„Schön, das Küchenbüffet wiederzusehen."

„Ah, deswegen bist du gekommen", lachte Elena.

„Hast du von meiner Ausstellung gehört?"

„Ja, und ich finde es – trotz allem – gut, dass du damit nach außen gehst. Ehrlich gesagt, hätte ich nie gedacht, dass du es so weit bringst."

„Wirst du hingehen?"

„Ich weiß nicht – vielleicht. Ja, wahrscheinlich. Das liegt alles so weit zurück."

Sie blieben ungestört. Deshalb hatte er den Morgen gewählt, weil dann ihre Kinder nicht zuhause sein und ihn daran erinnern würden, was er in seinem Leben alles versäumt hatte. Ihr Mann arbeitete im oberen Stockwerk. „Home Office", erklärte Elena.

„Erinnerst du dich noch an Lisa?"

„Natürlich!" Elena sah ihn fragend an. In all den Jahren hatte sich ihre Mimik nicht allzu sehr verändert.

„Sie ist auf den Bildern."

Lukas berichtete Elena von der Entdeckung des Kurators.

„Das ist völlig verrückt!"

Elena war genauso überrascht, wie Lukas es gewesen war.

Nach dieser fulminanten Eröffnung begannen sie gemeinsam nach Erklärungen zu suchen, was sie automatisch

in die Vergangenheit zurückversetzte. Wenn Lukas angestrengt nachdenken musste, brauchte er immer einen Kaffee, und in schwierigen Fällen zudem etwas zu essen. Elena,
die das unwillkürlich registrierte, bereitete ungefragt Kaffee
zu und deutete auf eine Obstschale.

„Du erinnerst dich doch, dass sie die fixe Idee hatte",
begann Elena, „dass ich dich auf deinen Wahnsinnsreisen
begleiten sollte." Elena wedelte überlegend mit den Armen.
„Denn diese seien unvergleichlich. So ähnlich hat sie sich
jedenfalls ausgedrückt."

„Ja, aber das liegt Jahre zurück."

„Ich hatte ihr damals ziemlich erbost geantwortet, dass
diese unvergleichlichen Reisen gerade unsere Ehe zerstören würden – und, genau, einmal sagte ich ihr, als ich wü-
tend über ihren Enthusiasmus hinsichtlich deiner verrück-
ten Reisen war, dass *sie* doch mitgehen solle. Daraufhin
wurde sie ganz rot. Daran erinnere ich mich ganz genau.
Ich mutmaßte damals schon, dass sie in deine verrückte
Idee verliebt sei – oder womöglich – in dich. Aber ich
sagte nie etwas zu ihr, weil ihr das sicherlich peinlich gewesen wäre, und hielt es zudem für die vorübergehende
Schwärmerei einer jungen Studentin."

„Weißt du etwas über sie?"

„Ach, nachdem eine Frau vor vielen Jahren Teil unseres
Lebens war, lässt du dich dazu herab und fragst nach ihr."

„Weißt du denn, was sie jetzt macht?"

„Frag sie doch. Sie wohnt nicht allzu weit von hier."

„Tatsächlich?!"

„Wusstest du das wirklich nicht?"

„Nein, warum hast du es mir nie gesagt?"

„Bei welcher Gelegenheit? Wie lange ist es her, dass wir miteinander geredet haben?", spottete Elena und zog die Augenbrauen hoch. Sie hatte sich auch in ihrer Gestik nicht im Geringsten verändert: „Ich kenne niemanden, der seiner Ex-Partnerin so gründlich aus dem Weg geht wie du. Wir haben die letzten zehn Jahre keine hundert Worte miteinander gesprochen."

„Na, vielleicht ist das ja der Anfang einer wunderbaren Freundschaft", grinste Lukas. „Idiot!" Elena versetzte Lukas einen scherzhaft ausgeführten Hieb. „Das bin ich, ja, das bin ich zweifelsohne."

Ihr dritter Mann platzte in die Küche, als sie ausgelassen miteinander lachten. Daran konnte nun wirklich niemand etwas ändern. Rücksichtnahme braucht zumindest ein wenig Vorlaufzeit.

Er stand vor der Haustüre, traute sich nicht zu klingeln und warf stattdessen eine Karte für den Eröffnungsabend der Ausstellung in ihren Briefkasten, die er mit der Bitte versehen hatte, ihn zu begleiten.

Lisa kam nicht zur Eröffnung der Ausstellung. Lukas wurde umso nervöser, je weiter der Abend voranschritt. Sein Freund, der Kurator, versuchte ihn zu beruhigen. Aber Lukas war untröstlich. „Es ist ja auch noch nicht vollkommen. Der Frühling fehlt."

Zuhause öffnete er zur Feier des Tages dennoch eine Flasche seines besten Rotweins. Denn eigentlich war es ein gelungener Abend gewesen. Die Gäste waren zahlreich und nicht nur aus Höflichkeit interessiert. Natürlich machte er sich wie immer über dies und jenes Gedanken und versuchte die Situation zu ergründen. Wie war es denn von nun an, da es nicht mehr nur seine Privatangelegenheit war? Jeder konnte von nun an daran teilhaben. In ein paar Wochen würde die nächste Ausstellung seine Bilder verdrängen, und der Spuk würde vorüber sein.

Als er das erste Glas ausgetrunken hatte und sich großzügig nachschenkte, vermeinte er ein Geräusch zu hören. Er lauschte vergeblich, bis er eine vertraute Stimme flüstern hörte: „Ich bin's!" Er rieb sich die Augen, musste über sich selbst lächeln, stand auf und ging zur Treppe. Natürlich war niemand zu sehen. Er setzte sich wieder, nahm die Rotweinflasche in die Hand, betrachtete deren Etikett, als dieselbe Stimme erneut zu flüstern begann: „Es ist weder der Frühling noch sein blaues Band!" Nun hörte er eine Treppenstufe ganz deutlich knarren, also konnte er getrost sitzen bleiben. Die Stimme wurde eindringlicher, steigerte sich im Verlauf des Rezitierten vom aufgeregt Kindlichen zum heiser-boshaften Krächzen einer verruchten Hexe, die von einem Adrenalinschub überwältigt wurde: „Nie vergessen die süße Erinnerung! Wusstest du es wirklich nicht?" Ihre Worte erinnerten ihn an ein bekanntes Gedicht von Mörike. Als er sie sah, lösten sich die blassen Jahre, die zwischen ihrem letzten Wiedersehen lagen, auf. Sie stieg die schmalen Stufen herunter, sah ihn mit weit aufgerissenen Augen an, riss sich das Oberteil vom Leib und deklamierte fauchend: „Du träumst noch immer: Ich solle bald kommen. Aber siehe doch! Ich bin's! *Mich* hast du vernommen."

Beim letzten Wort saß sie auf seinem Schoß, bog seinen Kopf zurück, küsste ihn, sprang auf, zog ihn hoch und riss ihm die Hose herunter. „Lisa, du, ich, sollen wir nicht noch etwas warten?" „Warten!", schrie sie, „ich habe viele Jahre darauf gewartet", ohrfeigte ihn zweimal und stieß ihn in den Sessel. Er knickte ein, weil ihm die Hose in den Kniekehlen hing, und sie liebte ihn, so wie sie gesprochen hatte: Wild wie eine Hexe, vorsichtig wie eine siebzehnjährige Jungfrau und entflammt wie eine Frau nur sein kann – und hungrig, so hungrig wie jemand, der unendlich lange auf diesen Moment gewartet hat. Und er erinnerte sich auf einmal wieder deutlich an ihre Neigung für das Besondere und Ausgefallene!

In den nächsten Wochen und Monaten hatten sie sich unendlich viel zu erzählen. Irgendwann verriet sie ihm, es zunächst vorsichtig andeutend, den Frühling gefunden zu haben.

„Wo?"

Lisa lachte, denn er war mitten in der Nacht aufgesprungen, die Bettdecke mitreißend, während sie gerade noch nackt miteinander geflüstert hatten.

„Ich werde dich hinführen und bin gespannt, was du dazu sagst."

Es war jedoch noch nicht die richtige Jahreszeit, um die Reise anzutreten und dieser Winter schien nie vorüberzugehen. Noch ungestümer als sonst sehnte er den Frühling herbei.

Er war euphorisch und glücklich, aber auch etwas wehmütig, den Frühling nicht selbst gefunden zu haben. „Vielleicht wärst du lieber wieder alleine und würdest gerne auf eigene Faust weitersuchen. Ich will dir nichts wegnehmen."

Es war anders, es gemeinsam zu erleben. Er sah sein Glück in ihren forschenden Augen.

„Eigentlich ist es doch ein wenig schade, dass es jetzt vorbei ist", sagte er nach ihrer Rückkehr. Auf ihrer ersten gemeinsamen Reise zeigte sie ihm den Frühling. Und es war ein Frühling, wie er keinen besseren je hätte finden können.

Er war froh über ihren Einzug. Es war, als sei sie nie weggewesen und als würde sich die Gegenwart nahtlos an jene Zeit anschließen, in der Lisa als Studentin bei ihnen gewohnt hatte.

„Eigentlich bin ich nie weggewesen."

„Nicht?"

„Alles andere war nur ein Zwischenspiel."

„Wie dumm wir waren! So viel Zeit sinnlos zu vergeuden."

„Scheinbar hatten wir das nötig."

„Die Zeit des Reisens ist vorbei." Er lächelte: „Was mache ich jetzt bloß?"

„Muss es vorbei sein?"

„Es ist vorbei. Wir haben kein Ziel mehr. Es passt alles – du warst doch dabei. Vielleicht sollten wir noch eine Ausstellung anregen: Vier-von-Vier."

„Wir können dorthin zurückkehren."

„Ja, das können wir – und versuchen, die Orte zu bewahren."

„Gutes zu bewahren ist wichtig. Aber dennoch müssen unsere Reisen nicht vorbei sein, jetzt, da wir gemeinsam reisen können."

„Nein. Aber – willst du einfach so reisen? An Orte, die jeder besucht haben muss."

Sie nahm ihn bei der Hand und führte ihn in einen Raum, den sie in seiner nachmittäglichen Abwesenheit kobaltblau gestrichen hatte. An den Wänden hingen zwölf Teller. Es waren zwölf herrliche, unvergleichliche Motive. Er studierte sie, ging auf und ab, obwohl erste Blicke bereits genügten. Er sah das Leuchten in Lisas Augen und wusste, dass sie ein neues Ziel hatten, ein Ziel, welches keine Bürde eines unerfüllten, sondern der fröhliche Beginn eines verheißungsvollen Daseins war. Er musste nur bereit dazu sein und fragte sich, wovor er sich fürchtete. Er würde nicht die Fehler der Vergangenheit wiederholen. Es gab für ihn als Reisenden nichts Schlimmeres, als alleine in einem Restaurant zu Abend zu essen.

„Eine Sache muss ich dir gestehen."

„Ja?", fragte er so ruhig wie möglich, als wäre es nicht so wichtig, was sie sagen würde.

Sie flüsterte in sein Ohr.

„Den Sommer?", fragte er ungläubig.

„Ja, ich liebe den Sommer am meisten."

Damit ließ sich leben. Somit war nun eben der Sommer ihr verehrtes Juwel. Er hatte lange genug am Frühling festgehalten. Und es ist nicht immer gut, wenn Rituale lebenslang bestehen bleiben. Bereit sein loszulassen. Dies ist genauso wichtig, wie Ziele zu haben. Wenn nicht wichtiger.

Das Gespräch

„Bleib doch liegen."

„Ich bin schon so lange wach."

„Schlaf einfach weiter."

„Ich kann nicht mehr schlafen."

„Bleib bitte liegen."

„Ich bin hellwach."

„Ist es schon Zeit aufzustehen?"

„Je nachdem."

„Wie viel Uhr ist es denn?"

„Drei Uhr."

„Und du willst aufstehen?"

„Ja."

„Du bist verrückt!"

„Ich weiß."

„Bleib doch im Bett."

„So kann ich die Zeit besser nutzen."

„Komm zurück!"

Er zog sich rasch an, huschte um das Bett herum und küsste sie. Sie hielt ihn am Arm fest.

„Lass doch los. Bitte. Ich bin wach, wirklich!"

Lydia versuchte, ihn ins Bett zu ziehen.

Endlich konnte er sich sanft von ihr lösen. Sie war eingeschlafen, während er am Bettrand ausgeharrt hatte. Ihn fröstelte.

„Aber", sie hob etwas den Kopf, als sie das Quietschen der Wohnungstüre vernahm, las die Uhrzeit vom schwach schimmernden Display des Smartphones ab. Lydia richtete sich im Bett auf: „Um diese Zeit fährt doch noch gar kein Zug!"

Das hörte er nicht mehr, trippelte bereits das Treppenhaus hinunter, schob sein Rad auf die stockfinstere Straße. Offensichtlich wusste er, dass noch kein Zug fuhr, denn er ließ den Bahnhof achtlos hinter sich zurück und glitt gespenstisch wie ein Nazgûl durch die Nacht.

Inmitten der Dunkelheit und Kälte schwang er sich den steilen Hügel empor, sein Atem dampfte, er fror endlich weniger. Nur die Sterne begleiteten ihn. Ihr nächtlicher Glanz eskortierte seinen geheimnisvollen und beunruhigenden Auftrag, der ihn nicht mehr losgelassen und aus dem Schlaf gerissen, der ihn gepackt und wachgerüttelt, nervös aufgescheucht, aus dem Bett gestoßen und in die kalte Nacht hinausgeschickt hatte. Sie verstand ihn nicht mehr, den Unruhigen und Getriebenen, zu dem er geworden war, und schüttelte immer öfter missbilligend den Kopf.

Und es war ja auch nicht zu verstehen! Alle waren froh, wenn sie noch etwas liegen bleiben konnten, niemand stand freiwillig um drei Uhr früh auf. Er hatte nur vier Stunden mehr schlecht als recht geschlafen und ihn würde die Müdigkeit ereilen, nachher, bald, in ein paar Stunden, wenn er aktiv und wach sein sollte. Spätestens um neun Uhr begänne er sicherlich zusammenzusacken, wenn der Tag gerade erst richtig durchstartete, wenn die unterschiedlichsten Mechanismen ringsum anliefen und alle hochkonzentriert waren. Dann würde er mitten unter ihnen gähnen – und endlich schlafen können. Die Sehnsucht zu ihr ins weiche Bett zu sinken, um die versäumten Ruhestunden nachholen zu dürfen, drohte riesengroß zu werden. Diese Gelegenheit lag hinter ihm. Auch sie war dann längst aufgestanden, die ihn im warmen Bett hatte halten wollen. Er musste durchhalten!

Es war stockfinster, als er auf einen holprigen Feldweg einbog, sein Rad sprang unter ihm hin und her, vor ihm begann der Wald und am Ende desselben würde er den großen Weiher sehen und dahinter die Alpen. Die halbbewusste Fahrt führte durch schlafende Dörfer, er passierte ein im Stehen schlafendes Pferd. Als es bergab ging, wurde ihm kalt, er zog den Kopf ein und die Schultern hoch, verzweifelt bemüht, Luftlöcher zu schließen. Der Kragen seiner Jacke war zu weit und das Halstuch hatte er, aufgrund des übereilten Aufbruchs, vergessen. Kilometerlang fröstelte er auf und ab, umrundete einen langgezogenen Bergrücken, sauste auf feuchter Asphaltstraße durch kühlen Wald, an Frosthauch atmenden Bächen vorbei, kurvenbremste steil in die Stadt hinab. Nun fehlte nur noch der tagtägliche Gewohnheitsweg zwischen Firma und Bahnhof, an dem er normalerweise ausstieg, wenn er den Zug nahm und auf sein Bahnhofsrad stieg. Aber der erste Zug fuhr *erst* um fünf Uhr. Andere würden diese Strecke miteinander schwatzend in der konvenablen Morgendämmerung zurücklegen. Kurz vor vier Uhr erreichte er die Ansammlung riesiger Kuben, Firmengebäude, die Giganten mitten in die liebliche Landschaft gepflanzt hatten.

Schlotternd musste er feststellen, dass die Stahltüre, durch die er sonst das Gebäude betrat, verschlossen war.

Das hatte er nicht gewusst. Zwar hatte er vermutet, der Erste zu sein. Er war sehr früh gekommen, aber dass es ein *zu früh* überhaupt gab in dieser Firma, in der Leistung ganz oben stand, in der Termine chronisch dringlich waren, diese zu erreichen und zu erfüllen oberstes Gebot, hätte er nicht erwartet, auch nicht, dass ein Durchlass, der Zugang zur doch so sehr erwünschten Arbeit verschuf, verschlossen sein könnte. Es wurde doch gerne gesehen, sogar erwartet und vorausgesetzt, dass die Mitarbeiter früh anfingen und spät aufhörten. Er rüttelte am Knauf der Tür, in der Hoffnung, dass diese aufgehen würde. Vielleicht klemmte sie nur in dieser frühen Morgenstunde. Seine nutzlosen Bemühungen riefen ein hallendes Geräusch hervor. Der empfindungslose Türknauf blieb jedoch kalt, geradezu abweisend. Er pochte gegen das Portal und hoffte, dass endlich jemand öffnen würde, und dachte daran, dass seine Freundin immer noch im warmen Bett lag, während er nun schon lange auf war, einiges erlebt hatte, was jedoch unangenehm und anstrengend gewesen war. Wenn er nicht so unruhig gewesen wäre, es sich nicht so fest vorgenommen hätte oder es auf andere und einfachere Art umsetzen würde, könnte er in diesem Augenblick neben Lydia liegen, statt in der Eiseskälte als winzige Figur vor einem riesigen Stahlkubus und dessen verschlossener Tür zu stehen. Warum machte er es sich so schwer? Konnte er nicht einmal den direkten und leichten Weg gehen? Einfach, ehrlich und zur üblichen Tageszeit sein Anliegen vorbringen.

Er kam nicht weiter mit seinen Überlegungen, der Strahl einer Taschenlampe blendete ihn, stellte ihn während einer weiteren nutzlosen Rüttelattacke an der verschlossenen Pforte. Er begegnete der Grelle, indem er den Arm hochriss und darunter zu erkennen suchte, wer ihn da blendete, sah indessen nur aufdringliches Licht unter seinem Jackenärmel. Der Frost schüttelte ihn erneut.

„Was machen Sie da?"

„Ich arbeite hier und möchte rein."

„Das geht jetzt nicht!", verkündete die Stimme abweisend.

„Aber wieso nicht? Ich gehe doch sonst auch durch diese Türe."

„Es ist zu früh."

„Aber ich habe einen Firmenausweis, sehen Sie", er kramte seinen Geldbeutel hervor, aber das Licht blendete ihn, er konnte nichts sehen.

„Leuchten Sie mir doch! So! Hier! Sehen Sie?"

„Ja."

„Können Sie jetzt nicht aufschließen?"

„Ich sagte Ihnen bereits. Es ist zu früh. Es wird schon noch aufgeschlossen. Zur rechten Zeit."

„Aber wer sagt, wann die richtige Zeit ist? Davon habe ich bisher nichts gehört."

„Es ist festgelegt."

„Aber wer hat es festgelegt? Vielleicht kann man mit demjenigen reden."

„Die Firma an sich. Davon muss man ausgehen, wenn man es nicht genauer benennen kann. Und jetzt können Sie mit niemandem reden. Gehen Sie heim und kommen Sie später wieder."

„Aber ich wohne weit weg. Es lohnt nicht. Ich wollte heute doch sehr früh da sein, alles in Ruhe vorbereiten.

Wenn ich jetzt nach Hause fahre, kann ich dort angelangt, gleich wieder los und werde dann nicht mehr der Erste sein."

„Sie sind zu früh losgegangen."

„Ich will keine Zeit verlieren. Ich will sie nützen. Deshalb bin ich ja hier. Deshalb habe ich mir Nachtstunden abgezwackt."

„Das haben Sie ausschließlich sich selbst zuzuschreiben. Geben Sie mir nicht die Schuld daran. Ich muss meinen Rundgang fortsetzen."

„Aber Sie haben doch bestimmt einen Schlüssel und können aufschließen."

„Ich darf nur im Notfall aufschließen."

Der Lichtstrahl wurde von seinem Gesicht genommen. Der Wärter wanderte weiter. Sein Fall war nicht weiter von Interesse.

Die Empfangsdame sah ihn näher kommen, während sie in hohen Schuhen anrückte. Sie kramte in ihrer Handtasche, zog einen kostbaren Schlüssel hervor und schon schoben sich die Glastüren beiseite. Gelegentlich kam er in die Empfangshalle, sie erkannte ihn sicherlich und begnügte sich deshalb mit einem aufmerksamen und befremdlichen Blick. Ihm war hundeelend vor Kälte. Längst hatte er den Nebeneingang aufgegeben und war dankbar, als winzige Figur in die Wärme des Hauptkubus eintauchen zu dürfen. Er durchquerte die nachtdunkle Werkhalle, weit oben brannten die Lichtkegel der Notbeleuchtung in ihren Stahlkörben. Er war froh, dass der strenge Werkmeister noch nicht zugegen war und schlich im Halbdunkel zwischen den Anlagen hindurch, die riesigen Tierleibern ähnelten. Noch schliefen die Maschinenungetüme. Der Nachtwächter, die Empfangsdame und er waren die einzigen Figuren im Reich der Riesenkuben. Endlich erreichte er das vertraute Großraumbüro, schaltete das Elektronenhirn ein und trug den Wasserkocher zum Waschbecken. Wie dies seine Großmutter nicht anders getan hatte, brühte er Kaffee auf. Noch saß kein Kollege an einem der über neunzig Tische. Alles, bis auf seinen Bildschirm, verharrte im Dämmerschlaf. Die Deckenlampen blieben ausgeschaltet. Es wäre ihm komisch vorgekommen, die Beleuchtung einzuschalten, welche sich nur für das komplette Büro anstellen ließ. Alle Lichter nur für ihn, den Vereinzelten. Das war doch nicht nötig. Lieber saß er im finsteren Riesenraum, sein Gesicht schimmerte bleich, im Widerschein des vom Monitor ausgestrahlten Kunstlichts. Wann würde der erste Berufsgenosse eintreffen? Er sah sich zögernd um im leeren Bürosaal. Außer ihm brühte niemand den Kaffee mit Filter auf. Aber er mochte diese kleinen summenden Maschinen nicht, die überall herumstanden, weil jedes Mal eine kleine Aluminiumkapsel in den Müll wanderte. Die dazugekippte weiße Flüssigkeit aus dem Plastikdöschen widerte ihn an. Aber – worüber machte er sich hier Gedanken? Musste er nicht los? War sein Chef schon da? Er musste ihn abpassen, bevor sie ihn umschwirrten. Er wollte ihn endlich alleine sprechen. Aus diesem Grunde hatte er sich um diese nachtschlafende Stunde hierher begeben, deshalb hatte er es nicht länger im weichen, warmen Bett ausgehalten. Warum saß er dann noch hier herum? Ihm war weiterhin kalt. Er hatte zu lange vor verschlossener Tür gestanden. Hätte ihn der Nachtwächter doch nur hereingelassen! Aber *der* hielt sich an die Regeln. *Der* hatte es einfach.

Sollte er es nicht auf einen anderen Tag verschieben? Es hatte so schlecht begonnen. Aber was hatte er heute deswegen nicht schon alles auf sich genommen! All diese Widerstände. Lydia, die ihn im Bett halten wollte und über sein frühes Aufstehen unwillig und verständnislos den Kopf geschüttelt hatte, die daraufhin dennoch ruhig weiterschlief, als sei es ihr gleichgültig, weswegen er so früh aufstand. Die lange Nachtfahrt. Das Warten vor verschlossener Tür und der verständnislose Blick der Empfangsdame, die ihm immerhin den Zugang nicht verwehrt hatte. Zumindest war es ihm nicht untersagt worden, hier einzutreten. Nur nicht aufgeben! Dann wäre alles umsonst gewesen. Er zwang sich aufzustehen und loszugehen.

Erneut querte er die Werkhalle. Der Werkmeister und seine Vorarbeiter standen aufrecht und kraftvoll im Kreis, verstummten jedoch, als sie ihn sahen, ließen ihn, den Büromenschen, vorübergehen und erwiderten seinen Gruß nicht. Wahrscheinlich hatten sie ihn nicht gehört, sein gemurmeltes *Guten Morgen* war wohl zu leise herausgekommen. Sowieso sprach man hier selten sämtliche Silben eines Wortes aus, und der Dialekt der Einheimischen würde ihm ewig fremd bleiben. Zudem wollte er nicht stören. Niemanden wollte er je stören. Sie waren schließlich alle wichtig und hatten viel zu viel zu tun. Er entkam ins Treppenhaus, flüchtete aufwärts, dezent keuchend kam er im oberen Stockwerk heraus, öffnete schwere Glastüren, betrat das erhabene Stockwerk, wandelte Teppichflure entlang, bog hier und da ab und stand endlich vor der gewaltigen Tischgruppe, an der sein Chef residierte.

Dessen Platz war noch verwaist. Diagonal stand jedoch die Chefsekretärin, zog die Augenbrauen bei seinem Anblick erkennbar hoch, um ihn zu fragen, was er bitteschön denn wolle.

„Ist er noch nicht da?"

Sie nannte für ihn den Namen seines Chefs, präzisierte somit seine Frage und fügte ein schlichtes Nein hinzu.

„Dann komme ich später wieder."

„Das wird nicht notwendig sein!"

„Nein?" Sein fragendes Nein verlor sich im Raum.

„Nein! Er kommt heute nicht!"

„Oh, ist er krank?"

„Nein! Wieso sollte er krank sein? Hierzu ist mir nichts bekannt! Nein, nein und nochmals nein!"

„Stimmt. Er ist selten krank."

„Er ist nie krank! Er ist im Osten."

Ah, die neue Filiale! Hätte er das nicht wissen müssen? Wohl ein neu eingerichteter Jour fixe, von dem er nichts wusste. „Ich komme morgen wieder." Der Chef sagte ihm nicht alles, ließ ihn oft im Ungewissen, stets ihn zuerst berichten, teilte wenig mit, und schon gar nichts von dem, was ihn seiner umsichtigen Meinung nach nichts anging, ihn nicht zu interessieren hatte. Dies entschied allein er und das war sein gutes Recht als Vorgesetzter.

„Es ist besser, einen Termin zu vereinbaren!"

„Ja, das ist sicherlich eine gute Idee. Ich ersuche um eine Besprechung und komme morgen wieder."

„Wenn er einen Zeitraum frei hat! Dies ist keinesfalls sicher! Auch falls der Termin bestätigt werden sollte, ist es unsicher, ob er Zeit haben wird. Ein Meeting kann in seinem Fall erst als sicher angesehen werden, wenn es stattgefunden hat. Es können andere Verabredungen mit höherer Priorität jederzeit untergeordnete ersetzen.“

„In solch einem Fall werde ich sicherlich informiert!“

„Informiert ja, aber erwarten Sie keine Begründung für eine mögliche Absage. Dafür ist er zu beschäftigt. Dies ist schon dadurch bewiesen, dass er keine Zeit für Sie hat. Und wenn Ihr Gespräch abgesagt wird, bedeutet dies, andere sind wichtiger und verlangen eine Erklärung von ihm. Wie soll er in so einem Fall noch Zeit für eine Mitteilung an Sie haben? Seien Sie froh, dass man keinen Nachweis von *Ihnen* erwartet.“

Er schlich wie ein geprügelter Hund davon. Alles umsonst. Auch heute wieder. Dabei hatte er es endlich, endlich hinter sich bringen wollen. Und allerlei Anstrengungen investiert. Vergeblich. Was konnte er tun? Was sollte er zudem aufbringen? Wie seine Kräfte besser bündeln? Er verzichtete auf Schlaf, auf so vieles, aber es gelang weiterhin nicht. Andererseits war er über die Abwesenheit seines Chefs erleichtert. Sonst würde er in diesem Moment vor ihm stehen und sich erklären müssen. Ihn fror noch immer, der Kaffee rumorte in seinem leeren und flauen Magen. Er flüchtete auf eine Toilette. Um diese Zeit waren ausreichend Kabinen frei. Wenigstens ein Vorteil der frühen Stunde.

Kaum im Büroheimathafen eingelaufen, hing er erschöpft in seinem ausgeleierten Sitz, registrierte endgültig erleichtert, dass die Auseinandersetzung für heute vermieden worden war. Und ging es im Leben eigentlich nicht immer darum, unangenehmen Dingen aus dem Weg zu gehen, möglichen Katastrophen tunlichst auszuweichen, Havarien zu vermeiden, Schaden zu begrenzen? Deshalb hielten alle, denen sein Wohl am Herzen lag, ihn davon ab, mit seinem Chef zu reden. Denn er hatte Ungeheuerliches vor! Und das galt es, unter allen Umständen zu vermeiden! Darin waren sie sich unausgesprochen einig. Aber er war doch niemandem Rechenschaft schuldig. Gerade deshalb waren sie alle so besorgt, erinnerten ihn an seine moralische Pflicht und mahnten, es zu unterlassen. Im Grunde handelte es sich um eine schlichte Angelegenheit. Er wollte ihm die Wahrheit sagen. Schwierig dabei war nur: Er war auf ihrer Seite *und* auf der anderen. Er befand sich an zwei Stellen zugleich und zudem an zwei sehr unterschiedlichen. Deshalb hatten sie ihn lange auf jener Seite halten können, die sie für die günstigere hielten. Deshalb musste er so früh aufstehen, um sie und sich zu überlisten, um das Gewicht auf einer Seite zu erhöhen. Aus all diesen Gründen zog es sich schon so lange hin.

Das Büro füllte sich, und sie nahmen ihre Tätigkeit auf, als könnte es nur so und nicht anders sein. Sie wirkten ja auch ausgeruht, konzentriert und hatten sicherlich kein schlechtes Gewissen, befanden sich in keinem Zwiespalt. Mächtig spürte er die Müdigkeit in sich aufsteigen, und da sein nervöser Geist seinem Körper die Nachtruhe geraubt hatte, gähnte er herzhaft, spürte kolossal die Ermattung und wusste: Es würde ein endloser Tag werden! Der

Nachtwächter, an ihn musste er jetzt denken, war indessen sicherlich zuhause, lag mit reinem Gewissen traumlos und dachte längst nicht mehr an ihn, der winzig und frierend vor verschlossener Stahltür des Riesenkubus gestanden hatte. Er war froh: Keiner hier wusste etwas darüber. Sonst hätten sie über ihn gelächelt. Manche redeten vielleicht bereits über ihn, weil sie spürten, dass etwas bei ihm anders war und er im Grunde nicht hierher gehörte. Wenn er seinen Kaffee unzeitgemäß aufbrühte, sah er immer stur nach unten, um ihren verständnislosen Blicken auszuweichen.

Wochen vergingen, bis er erneut die nötige Entschlusskraft aufgespürt hatte. Obwohl das Vorhaben felsenfest gegründet war. Dies wenigstens wusste er. Aber wenn man eine Entscheidung getroffen hat, auch wenn man sich ihrer ganz sicher ist und mit sich völlig im Reinen, gibt es die große Abwarten-Gefahr, jenes Hinauszögern-Wagnis. Man agiert nicht konsequent, dem unerbittlichen Entschluss entsprechend. Wichtige und lebensentscheidende Vorhaben werden nicht umgesetzt, weil sie wieder und wieder hinausgeschoben werden. In mancherlei Leben werden sie so lange nicht realisiert, bis, beim Eintritt des Todes, es überraschenderweise tatsächlich zu spät dafür ist.

Obwohl er all dies erkannte, denn er machte sich längst nichts mehr vor und über seine eigentliche Situation erst recht nicht, verschob er sein Vorhaben. Wobei er doch eigentlich gleich am nächsten Tag hätte danach trachten sollen, die vereitelte Angelegenheit in die Tat umzusetzen. Aber er fand tausenderlei Gründe, warum es besser sei, es noch ein einziges, winziges Mal aufzuschieben: Er konnte doch den Chef nicht gleich nach der Rückkehr von einer anstrengenden Dienstreise mit seinen persönlichen Angelegenheiten, die wohl kaum auf Wohlgefallen stoßen würden, belästigen. Sicherlich war der Chef erst spät abends zurückgekehrt. Und wie er den Arbeitseifer seines Vorgesetzten kannte, saß dieser bereits frühmorgens wieder am Schreibtisch. Sein Chef erledigte solche Dienstreisen stets gerne *auf einen Rutsch*. Und das erwartete er nicht nur von sich. Vorgesetzte sind schließlich Vorbilder. Er hingegen hätte auf so mancher Dienstreise lieber vor Ort übernachtet, sich die Stadt und deren Architektur besehen und abschließend in einem kleinen Lokal gemütlich diniert.

Nein, nein und nochmals nein. Das wäre takt- und rücksichtslos, ihn am Tag nach einer Reise zu stören. Obwohl sein Chef diese Meinung wahrscheinlich nicht geteilt und diese Rücksichtnahme als überflüssig bewertet hätte. Dennoch schob er es auf. Natürlich nicht um einen Tag. Es ging in die Wochen und Monate, weil, wenn er erst einmal etwas vertagte, die Gefahr bestand, dass er es sehr lange aufschob, es sogar beinahe oder komplett vergaß und durch die Erinnerung an die letzte Niederlage entmutigt, gerne hinauszögerte, damit er sich nicht erneut exponieren und von Nachtwächtern und Empfangsdamen kritisch beäugen lassen musste, um am Ende verloren und ratlos, erschöpft und enttäuscht vor einem leeren Chefsessel zu stehen.

Obwohl ihn seine derzeitige Situation allzu sehr quälte und er jede Nacht schweißgebadet zwischen drei und vier Uhr dreißig, manchmal sogar bis fünf Uhr wach lag, folgte er dem Rat der seelenruhig neben ihm Schlafenden und blieb im warmen Bett. Sie war zufrieden, und er stand völlig gerädert auf, um den Sechs-Uhr-Zug zu nehmen. Weder sah er den Nachtwächter wieder, noch schien die Empfangsdame ihn als jenen wiederzuerkennen, der hinter ihr aus der Dunkelheit auf die sich öffnende Schiebetüre zugestürzt war. Also war alles in Ordnung. Hätte er nur sein Vorhaben aufgegeben. Alle wären zufrieden gewesen. Aber er musste es nochmals wagen. Das war er sich schuldig. Seine sämtlichen Gedanken kreisten inmitten des erzwungenen Halbfriedens darum. So stand er eines Morgens erneut sehr früh auf. Geräuschlos. Sie merkte nichts. Diesmal hatte er es besser angefangen, schlich sich um zwei Uhr früh aus dem Zimmer, schlafend konnte sie ihn nicht davon abhalten, würde sein frühes Entkommen erst weitaus später bemerken, aber da würde er schon lange unterwegs sein.

Er hatte nicht vor, erneut vor verschlossener Stahltüre zu stehen, beabsichtigte hingegen seine Entschlusskraft durch eine frühe Wanderung zu festigen. Er würde sozusagen von seinem Wohnort die zwanzig Kilometer direkt ins Büro seines Chefs wandern, so, als wäre er ein zufällig daherkommender Landstreicher und nicht ein Teamleiter, von dem diese Reaktion und jenes Verhalten erwartet wurde. Folgerichtig würde er ganz anders auftreten und zuvor seine Entschlusskraft bei jedem Schritt festigen können. Das Wandern hatte ihn schon immer beruhigt, ihm Ausgeglichenheit gewährt und manches Zerwürfnis gemildert.

Seine Wasservorräte gingen früh zur Neige. Aufgrund des großen Durstes und da er durchaus von sich annehmen musste, einen recht erschöpften Anblick zu bieten, der ungünstig ausgelegt werden könnte – was andererseits seiner Sache nicht abträglich sein musste – beschloss er dennoch, einen falschen Eindruck zu vermeiden. So ist es zu erklären, dass er seine Pläne änderte. Nach vierstündiger Nachtwanderung suchte er statt seinen Chef zunächst das Großraumbüro auf, in dem schon einige saßen und zunächst niemand seine klobigen Wanderschuhe zu bemerken schien. Er lief möglichst leichtfüßig zu seinem Schreibtisch und brühte Kaffee auf, bis alle Systeme zur Verfügung standen. Man ließ ihn, wie dies oft der Fall war, in Ruhe. Die Arbeit erledigte sich zunächst ohne sein Zutun. Viele Vorgänge verliefen inzwischen automatisch, und man hatte ihm nicht gekündigt, wie vielen, deren Arbeit teilweise, gänzlich oder weitgehend unnötig geworden war, denn massenhafte Entlassungen hätten zu Unruhen führen können. Es war ein politischer Entschluss, der über allem stand und daran war nicht zu rütteln. Dies stand im Widerspruch zur hohen Arbeitsmoral, die von allen erwartet wurde. Tagelang war wenig zu tun, man konnte die Angelegenheiten halb dösig verfolgen. Tippen und lesen konnte er schneller als alle um ihn herum, und so entledigte er sich vieler Aufgaben, ohne dass er diese richtiggehend wahrgenommen hätte. Wurde er in Sitzungen auf etwas angesprochen, das er bearbeitet hatte, konnte er sich kaum mehr daran erinnern. Wenn man seine schriftlichen Antworten anführte, schwieg er meist, um sein Nichtwissen, so gut es ging, zu verbergen. Nun kamen mit einem Mal riesige und unlösbare Aufgaben auf ihn zu. Man erwartete von ihm, dass er diese im Handumdrehen erledigte. Offensichtlich hatte er gewisse Themen zu lange ignoriert, an denen er zwar unaufgefordert, aber dennoch hartnäckig hätte arbeiten müssen.

Er nippte an seinem Kaffee, richtete sich trotz seiner müden Beine rasch auf und würde jetzt die unterbrochene Wanderung zu seinem Chef fortsetzen, als das Telefon klingelte. Er sah es aufmerksam, geradezu verwundert an, weil es selten läutete, und es demnach etwas Dringendes sein musste. Er nahm ab und antwortete auf ihr: „Hallo, bist du's?", mit: „Guten Morgen, Mutter."

Während des Gesprächs blieb er stehen, um zu demonstrieren, dass sein Weg auch durch diese Störung nicht beeinflusst werden konnte.

Warum rief sie gerade in diesem Moment an? Es war, als ob seine Mutter etwas ahnte. Aber das war unmöglich. Oder war sie etwa von der Empfangsdame verständigt worden? Nein! Oder doch? Nein, das konnte nicht sein! Obwohl – er hatte die Daten seiner Mutter in ein Formular eingetragen, welches die Firma bei der Einstellung neuer Mitarbeiter empfahl auszufüllen. Damals hatte er Lydia noch nicht gekannt, deshalb die Daten seiner Mutter angegeben und war sich im Moment nicht gänzlich sicher, ob er auch ihre Telefonnummer angegeben hatte. Dies galt es zu überprüfen, um die wahren Hintergründe ihres nicht alltäglichen Anrufs festzustellen.

Vielleicht war man in der Firma über sein Verhalten, das er neuerdings an den Tag legte, beunruhigt. Vielleicht hatte der Nachtwächter seinen Chef informiert und der wiederum sich mit jemandem besprochen. Oder aber die Empfangsdame hatte mitgeteilt, dass er zu früh auf der

Arbeit erschienen war. Und zwar so früh, dass es nicht als Arbeitseifer eines Frühaufstehers, sondern als verdächtig gewertet werden musste. Da er nun einmal aufgefallen war, wurde dies durch eine registrierende Handlung aktenkundig und somit nachverfolgt und geprüft. Das musste man dieser Firma lassen. Sie ließ nichts auf sich beruhen. Sie nahm sich aller Angelegenheiten an und zwar in einer Geschwindigkeit, die er so von seiner alten Firma nicht gekannt hatte. Dort ging einiges unter und man konnte sich viel erlauben.

„Aber Mutter, ich kann doch jetzt nicht so lange mit dir telefonieren."

„Natürlich, aber natürlich! Was rede ich auch so viel? Mein Sohn wird sein Gehalt ja nicht umsonst bekommen. Aber, es geht dir gut, ja?"

„Aber das hast du mich doch schon gefragt."

„Und?"

„Und ich habe dir geantwortet, vor wenigen Minuten, dass es mir gut gehe."

„Nun, ich war mir eben nicht sicher, und als Mutter macht man sich immer Sorgen."

„Dazu gibt es keinen Grund!"

„Keinen?" Sie legte eine Pause ein. „Wirklich keinen? Ich darf also beruhigt sein. Aber versprich mir, dass du mich anrufst, wenn etwas ist, dann kann ich auch künftig beruhigt sein und muss mir keine Gedanken machen, dass du dich mit irgendetwas herumschlägst, von dem ich nichts ahne, nichts ahnen kann. Oder erwartest du das von mir?"

„Natürlich nicht."

Das Telefonat hatte ihn ermüdet. Es kostete ihn immer Kraft, mit seiner Mutter zu reden, aber diesmal hatte es ihn ganz besonders angestrengt. Die ersten Kollegen rüsteten sich bereits, um essen zu gehen. Stets standen sie synchron auf und rotteten sich zusammen. Sobald sie ihre Sitze verlassen hatten, wurden sie wie winzige Magnete voneinander angezogen, um in kleinen Gruppen loszumarschieren. Eine Fraktion setzte sich stets in Bewegung, bevor die Kantine geöffnet hatte. Somit waren sie immer die Ersten am Büffet. Jeden Tag drängte sich ihm erneut der Verdacht auf: Diese früh aufbrechenden Kollegen seien in Wirklichkeit, sie verhielten sich jedenfalls entsprechend, als Mitarbeiter getarnte Rentner, welche eine Mahlzeit kaum erwarten können und sich deshalb so früh wie möglich darüber hermachen. Als wirkliche Rentner würden sie in ein paar Jahren vor den Türen der Geschäfte stehen, um als Erste eingelassen zu werden. Sie werden es lieben, im Kaufhaus alles wohlsortiert vorzufinden, genau wie jetzt das Salatbüfett und die gefüllten Töpfe, Pfannen und eckigen Schalen in der Kantine. Sie genossen es, sich an den jungfräulich-unberührten Speisen zu laben. Sie hätten die stärksten Schnallen gesprengt, mit denen man sie, rein hypothetisch, an ihre Bürostühle gefesselt hätte, um überrechtzeitig zum Essen zu erscheinen.

Es war indessen wohl keine gute Idee, den Chef in der Mittagspause aufzusuchen. Falls er jedoch noch am Platz war, könnten sie endlich reden und er sein Anliegen vortragen. Aber würde er imstande sein, es zu Ende zu bringen? Denn das ging nicht, wenn einer erschien, zwar mit falscher Höflichkeit bereit, das baldige Ende ihres Gesprächs abzuwarten, aber mit aufrichtigem Interesse, gezwungen mitzuhören. Womöglich würde dieser Wartende ein hoher Vorgesetzter sein, mit dem der Chef nicht immer, aber oft gemeinsam zum Essen ging. Jederzeit konnte es geschehen, dass einer im ungünstigsten Moment dazukam.

Er musste einen ungestörten Augenblick abpassen und genau das war die Schwierigkeit. Dies konnte nur frühmorgens oder abends gelingen, denn sonst war dieser Mensch nie alleine zu sprechen. Ständig summte es um ihn herum, wartete jemand auf ihn, oder er kam von einer Besprechung oder stapfte zur nächsten. Sein Chef war wichtig oder er hielt sich dafür, oder er gab sich den Anschein und vor allem anderen hielt man ihn dafür, was natürlich alles auf das Gleiche hinauslief. Er musste ihn zur richtigen Zeit überraschen, dann konnte sein an sich einfaches Ansinnen gelingen. Also ging er mit zwei Kollegen früh zum Mittagessen, da er aufgrund der frühen Wanderung großen Hunger verspürte. Ihm war elend vor Schwäche, während die zwei Kollegen unverdrossen plauderten. Wie eh und je unterhielten sie sich über die immer gleichen Themen, die sie im Verlauf von tausenden Arbeitstagen nur geringfügig variierten. Nie hatten sie seinen Konflikt wahrgenommen! Wie hätten sie ihn auch bemerken sollen? Es deutete nichts darauf hin. Sie ahnten nichts von seinem Vorhaben. Aber einer bemerkte doch etwas: „Ah, heute festes Schuhwerk an?"

Er bestätigte dies und unterließ jeglichen Versuch einer Begründung, denn er hatte keine und vermochte nicht darzustellen, warum er um zwei Uhr früh losgewandert war. Er konnte es sich selbst kaum mehr erklären. Es war so absurd, und er wusste inzwischen selbst nicht mehr, was es damit auf sich hatte, und wie er damit in Verbindung stand. Es kam ihm wie ein Traum vor, dass er nachts hierher gewandert war, und er war sich nicht einmal mehr sicher, dass er dies wirklich getan hatte. Aber er hatte es getan! Er erinnerte sich unwillkürlich an George Orwells *1984*. Wie sie den Protagonisten unter unerträglichen Schmerzen dazu bringen, eine andere Realität wahrzunehmen als die existierende.

Sordini war der Leiter eines anderen Teams, welches in keinster Weise mit seinem Team in Konkurrenz stand. Ohne dass es je jemand ausgesprochen hätte, bestand dennoch eine gewisse Rivalität zwischen Sordini und ihm. Diese war zwar völlig unbegründet, aber dennoch naheliegend und somit als gegeben anzunehmen. Zu Sordini hatte er folgende Meinung, die er in dem Buch des berühmten Prager Autoren aufs Genauste beschrieben fand: *Ich bewundere den Mann, trotzdem er für mich eine Qual ist. Er mißtraut nämlich jedem, auch wenn er z. B. irgendjemanden bei unzähligen Gelegenheiten als den vertrauenswürdigsten Menschen kennengelernt hat, mißtraut er ihm bei der nächsten Gelegenheit, wie wenn er ihn gar nicht kennen würde oder richtiger wie wenn er ihn als Lumpen kennen würde.*

Sordini wollte Karriere machen und meinte wohl, er könnte ihm gefährlich werden, weil sie ihn womöglich im entscheidenden Moment favorisieren würden. Wenn Sordini gewusst hätte, dass er keine Gefahr für ihn bedeutete, dann hätte Sordini all diese unterschwelligen, aber offensichtlichen, sowie jene hintertriebenen Angelegenheiten, dieses Netz an Verderbnis, das er um ihn spann, diese anrüchigen Affären, die er über ihn verbreitete – all das hätte Sordini nicht nötig gehabt. Aber er konnte Sordini nicht offen gegenübertreten und der wiederum konnte nicht anders, als andere zu bekämpfen. Dies war Sordini längst zur zweiten Natur geworden. Etwa auf der letzten Betriebsfeier hatte Sordini ihn aufmerksam beäugt, und wie er später erfuhr, hatte jener die Biere gezählt, die er trank, hatte summiert und Schlussfolgerungen gezogen. Sordini selbst konnte nichts dafür, es war kein böser Wille, das war ihm eben antrainiert und beigebracht worden. Er hatte eine entsprechende Vergangenheit und wandte die alten Methoden durchaus erfolgreich an. Und dies scheinbar zu Recht. Jedenfalls wurde es ihm nicht untersagt, und er war somit gegenüber Kollegen im Vorteil, die solche Taktiken nicht kannten und ohne sich etwas dabei zu denken, auf einer Feier Bier tranken. Womöglich ließ er daraufhin im betrieblichen Plauderton die eine oder andere nebensächliche Bemerkung fallen: „X hat auch ganz schön getrunken auf der Weihnachtsfeier. Der verträgt etwas. Hätte ich ihm gar nicht zugetraut. Steht wohl gut im Training." Was natürlich hieß, dass derjenige öfters trank, womöglich oder wahrscheinlich sogar regelmäßig. Wie sonst kann es sein, dass jemand Alkohol so gut verträgt, sich nach etlichen Bieren nichts anmerken ließ. Womöglich trank derjenige auch während der Arbeitszeit und hatte längst gelernt, sich nichts anmerken zu lassen. Seine Bewunderung für den Prager Autor stieg ins Unermessliche. Dieser war unerreichbar in seiner Kenntnis und Beschreibung menschlichen Verhaltens: *Wenn aber Sordini auch nur den geringsten Vorteil gegenüber irgendjemandem in Händen hat, hat*

er schon gesiegt, denn nun erhöht sich noch seine Aufmerksamkeit,
Energie, Geistesgegenwart und er ist für den Angegriffenen ein
schrecklicher, für die Feinde des Angegriffenen ein herrlicher Anblick.

Und da stand Sordini! Im vertraulichen Gespräch mit
seinem Chef. Spätabends. Natürlich, damit hätte er rechnen müssen. Sordini wollte ja stets zeigen, dass er immer
für die Firma da war und sich über die Maßen einsetzte,
gerade auch abends, wenn die anderen schon lange aufgegeben hatten. So konnte er sich abheben und hervortun.
Schon wollte er sich unbemerkt zurückziehen, fast wäre es
gelungen, als sie ihn im letzten Moment bemerkten. Sein
Chef stutzte, und es kam ihm einen Moment lang so vor,
als erkenne dieser ihn gar nicht. „Komm doch, komm",
rief Sordini lachend, als er sah, dass er sich bereits abwand-
te. Natürlich wollte er dabei sein, wenn einer mit einem
Chef redete. Schließlich wollte er wissen, was derjenige zu
sagen hatte. Es könnte ja ihn betreffen. Sordini wollte
nicht, dass etwas ohne sein Wissen geschah. Es könnte ihn
um die erhoffte Karriere bringen. Und er würde ihn bekämpfen, weiterhin und für alle Zeit. Dabei wollte er doch
gar nicht kämpfen. Aber was sollte er zu ihnen sagen, da er
nun nicht zur Sprache bringen konnte, weswegen er gekommen war.

Sie schauten ihn erwartungsvoll an, endlich sogar sein
Chef, nachdem Sordini ihn herbeigerufen hatte.

„Oh, ich will nicht stören …"

„Nein, nein", du störst nicht", meinte Sordini. Seine
Augen verengten sich: „Wir waren gerade fertig."

Sie schauten ihn erwartungsvoll an.

„Ich bin – ich bin nur auf dem Weg hier – vorbeigekommen. Und wollte schauen, ob es Aufträge gibt, die möglicherweise mich betreffen."

„Auf dem Weg?", fragte Sordini ungläubig und seine Augen funkelten. Aber auch er hatte einmal Glück. Das Telefon des Chefs klingelte. Dieser warf zunächst nur einen müden Blick auf das störende Gerät, aber griff im nächsten Moment, sich im Bürosessel herumwerfend, beherzt zu. Welcher Name wohl angezeigt wurde? Diese Gelegenheit nützte er, hob die Hand zum Abschied, drehte sich um und eilte davon, Sordinis Blick im Rücken, der ihn jedoch nicht zurückhalten konnte. So entkam er und wusste, Sordini würde geduldig warten. Würden sie über sein sonderbares Verhalten reden, sobald das Telefongespräch beendet war?

In den nächsten Monaten scheiterten alle Versuche, zu seinem Chef zu gelangen, der selten allein war und nie für ihn Zeit hatte. Es glückte ihm nicht, ein Gespräch anzuknüpfen und seine Nachricht anzubringen. Schließlich hatte er einen schweren Radunfall, als er um vier Uhr nachts über einen Stein fuhr, der mitten auf der Straße lag. Er hatte starke Schmerzen und blieb liegen, weil er nicht wusste, ob er sich etwas gebrochen hatte. Zunächst war er glücklich darüber, sein Handy dabei zu haben. Aber wie sollte er erklären, dass er um diese Zeit unterwegs war? Also kroch er, weil er nicht aufstehen konnte, das Rad mühsam mit sich ziehend, in ein glücklicherweise hochstehendes Rapsfeld, damit ihn niemand um diese Unzeit finden konnte. In zwei Stunden würde er ganz offiziell auf die Straße zurückkriechen können, um sich zu einer vernünftigen Zeit, zu seinem Unfall bekennen zu können. Er hatte starke Schmerzen und blutete, war zudem müde und benommen, über die Gewalt des Sturzes erschrocken, womöglich etwas betäubt, was half, die Situation besser zu überstehen. Denn das Liegen im feuchten Rapsfeld war schrecklich und die geprellten, aber wohl nicht gebrochenen Glieder schmerzten sehr. Er musste dauernd niesen, die Augen tränten, und die Nase schwoll zu. Schließlich hielt er es nicht mehr aus, richtete sich stöhnend auf und zerrte sein Rad aus dem Rapsfeld. Nachdem er die Schutzbleche notdürftig zurechtgebogen hatte, schob er es humpelnd eine gewisse Strecke. Irgendwann stieg er auf, weil er nicht merklich vorankam und bemerkte dabei ein blutgesäumtes Loch in seiner Hose.

Diesmal bemerkten die Kollegen sofort, dass etwas mit ihm nicht stimmte. Als er das Büro querte, sprang einer stellvertretend für alle auf und rief, so dass es jeder hören konnte: „Bist du gestürzt?"

„Ja, ja, aber es ist nicht schlimm", lachte er schief.

„Das sieht aber nicht so aus", rief derselbe erneut sehr laut, obwohl sie bereits alle die Köpfe gehoben hatten und zu ihm herübersahen.

„Schrei doch nicht so", sagte er leise und beschwörend.

„Ich rufe den Sanitäter", schrie jener in ungeminderter Lautstärke.

„Niemand rufst du!", befahl er ihm, ging weiter und setzte sich an seinen Tisch und vollführte geschäftige Bewegungen. Seit automatisierte Vorgänge phasenweise alles ohne ihr Zutun erledigten, waren die fingierten Als-ob-Bewegungen ihre letzte Pflicht. Glücklicherweise kam kein Sanitäter. So ging er möglichst unauffällig auf die Toilette, und sah erst dort, in welchem Zustand er sich befand. Auch am Rücken war seine Kleidung zerfetzt, er hatte nicht nur Schürfwunden an Knie, Ellbogen und Rücken, sondern auch im Gesicht und wusste nun, warum es auch dort *brannte* und warum ihn alle so entsetzt angestarrt hatten. Kurz überlegte er, ob er in diesem Zustand zu seinem Chef gehen sollte, denn nun war ja doch alles einerlei. Aber er verwarf diese allzu spontane Idee. Sonst hätte der Chef seine Aussagen dem Schock zugeschrieben, und er würde sie zu einem späteren Zeitpunkt bestätigen müssen. Zudem sollte es nicht so aussehen, als sei er nicht Herr der Lage, als suche er ein improvisiertes Gespräch. Nein, er wollte sicher und souverän erscheinen, und die Angelegenheit auf Augenhöhe besprechen.

Manchmal fragte er sich, was noch alles passieren müsse, bis er endlich den Mut fände, zu sich zu stehen, um schlicht, einfach und direkt die Wahrheit zu sagen. Eines Morgens, aber diesmal kam er nicht zu früh, sah er seinen Chef an dessen Schreibtisch – alleine und seinem Monitor zugewandt. Weit und breit war niemand zu sehen. Er sah nicht, womit sein Chef beschäftigt war. Neuerdings pappte eine Sichtschutzfolie auf dessen Bildschirm. Eine neue Vorschrift für den inneren Führungskreis. Seinen Bildschirm hingegen durfte jeder betrachten, deshalb hatte er diesen unauffällig etwas zur Seite gedreht. Würde er seinen Chef stören? Konnte er näher herantreten? Oder würde er seine Sache dadurch, dass er ihn in einem ungünstigen Moment störte, in ein von vornherein ungünstiges Licht rücken? Aber er wollte doch gar nichts von seinem Chef! Er brauchte nur dessen Zeit. Er wollte ihm nur etwas mitteilen. Es war hier nun mal so üblich, dass man gewisse Themen zunächst mit seinem persönlichen Vorgesetzten besprach. Dies gebot der Anstand, dem man sich in dieser Firma verpflichtet fühlte, wenn es auch für den Vorgang an sich unerheblich war.

Diesmal ging er einfach weiter, trat traumwandlerischen Schrittes an seinen Chef heran. Von außen sah er sich dabei zu, erblickte dafür mit seinen eigenen Augen nichts. Es kam noch immer niemand, der sie hätte unterbrechen können, und er hörte sich den Satz sagen, ohne jede Einleitung, einfach so, als Aussagesatz ohne Komma und Schnörkel. Sein Chef antwortete zunächst nicht, starrte weiter unbeweglich auf seinen mit Sichtschutzfolie versehenen Bildschirm, hob endlich langsam beide Arme, als wären es die Tentakel eines menschlichen Kranes, mit denen er eine tonnenschwere Last aus den Untiefen des Informationsflusses der oberen Führungsebene hieven wollte, um diese an einem sicheren Ort abzusetzen, um sie dort trocknen zu lassen und sich zu gegebener Stunde darum zu kümmern. Aber sein Chef schien nicht glücklich mit dieser Last, die er mit seinen langen Armen hob, als sei es unmöglich und zu schwer, was man von ihm verlange oder erwarte, denn er ließ die Arme abrupt sinken, schüttelte sich, drehte sich andächtig zu ihm um und sagte: „Erst einmal Guten Morgen."

„Guten Morgen", antwortete er und wartete eine weitere Reaktion seines Vorgesetzten ab, aber der sah ihn nur erschöpft an, und nachdem nun alles gesagt war, wollte er gehen und sagte deshalb: „Gut, also, dann …", drehte sich um und eilte von dannen.

Endlich hatte er es getan, aber bereits auf dem Weg durch die Halle, als er den Werkmeister sah, der ihn kritisch beäugte, fragte er sich, ob sein Hochgefühl, jene herrliche Erleichterung, gemischt mit der Erregung des eben Durchlebten, gerechtfertigt sei. Endlich war es vollzogen. Jedoch schien ihm *Erst einmal Guten Morgen* keine adäquate Antwort auf seine Aussage. Er wurde mit einem Schlag nervös, war unsicher und er wusste, es war besser, es sofort zu klären, ob er verstanden worden war oder womöglich nicht. Falls nicht, musste er seinen Satz unbedingt wiederholen.

Seinen Vorgesetzten fand er vor, jedoch inzwischen nicht mehr allein. Solch ein Glück ist einem nicht zweimal an einem Tag, nicht zweimal in einer Woche, vielleicht zweimal im Quartal vergönnt. Zwei ihm unbekannte Herren standen neben ihm, aber er näherte sich dennoch vorsichtig, schlug eine Route ein, die die Dreiergruppe tangieren würde, es durfte keinen weiteren Aufschub geben. Sein Chef wandte sich ihm sogar zu, als er neben ihnen stehen blieb: „Hast du eigentlich vorhin was davon gesagt, dass schon wieder einer aus deinem Team kündigt? Ich habe mir das hoffentlich nur eingebildet. Wenn noch einer geht, dann verstehe ich das hier alles nicht mehr."

„Nein, nein, so ist es nicht. Keiner war bei mir, ich …"

„Dann ist ja alles gut. Mensch, hast du mir einen Schrecken eingejagt. Sonst noch was?", er wandte sich bereits ab und seinen Gesprächspartnern zu, die ihn jedoch noch geduldig und wohlwollend ansahen wie das Führungspersonen tun, die jemanden vor sich haben, der mindestens drei Etagen unter ihnen fungiert, dem sie nicht befehlen müssen und von dem sie nichts zu erwarten haben. Sie betrachteten ihn noch immer und sogar sein Chef musterte ihn erneut, da er noch immer dastand. Natürlich wollte sein Vorgesetzter in dieser Konstellation kein schlechtes Beispiel abgeben, sondern zeigen, dass er seinen Mitarbeitern stets Zeit und Aufmerksamkeit widmete. „Ich komme später wieder", sagte er und erst daraufhin wandten sie sich ab: „Es ist nicht so wichtig", sagte er noch, aber das hörten sie bereits nicht mehr.

Epilog

Jahre vergingen. Er nahm kaum wahr, wie er alterte. Nur wenn er Fotografien betrachtete, war die Veränderung nicht zu übersehen. Und da ihn sein altes Thema unablässig quälte, unternahm er, wenn die Qual zu groß wurde, halbherzige Versuche, seine Sache doch noch zum Abschluss zu bringen. Aber er hatte die hohe Energie, die jene große Entschlusskraft hervorgebracht hatte, verloren und schlief auch wieder besser. Wenn es ihm frühmorgens gelang, bis zu seinem Vorgesetzten vorzudringen, fragte er sich jedes Mal, ob er das Recht habe, ihn zu stören. War das ratsam? War seine Sache wirklich so wichtig? Nahm er *sich* nicht zu wichtig? Hatten ihn seine Eltern und vor allem seine Mutter nicht zu Bescheidenheit erzogen? Ihn gelehrt, sich nicht in den Vordergrund zu drängen. Also war es doch sicherlich besser, unbemerkt wieder zu gehen. Meist bemerkte der Chef sein *seitliches* Auftauchen nicht, und so konnte er durch die endlosen Gänge und gigantischen Hallen an seinen Schreibtisch zurückkehren und sich erst einmal, bevor die anderen eintrudeln würden, Kaffee aufbrühen und die Morgendämmerung durchs Bürofenster zur Kenntnis nehmen. Die Nacht musste bald vorüber sein und dann würde die Welt um ihn herum erwachen.

Junge Kollegen kamen aus dem Büro seines Chefs. Die getrauten sich etwas! Sie gingen einfach hin und sagten ohne Umschweife, was sie zu sagen hatten. Es war eine andere, freiere Generation. Sie hatten auch nicht diese hartherzige Schulerziehung *genossen*. Sie hatten andere Eltern, waren frei, selbstbestimmt und ohne Angst aufgewachsen. Und was war mit ihm? Lohnte es sich überhaupt noch, sein Anliegen vorzutragen? Es waren ja nur noch ein paar Jahre. Die würde er auch noch sanft umbringen … Aber könnte er dann noch das vollbringen, was er statt hier zu sein, eigentlich die ganze Zeit über hatte tun wollen? In ein paar Jahren würde er zu alt und zu müde dafür sein. Also beschloss er, einen weiteren Versuch zu unternehmen. Er wusste, dies war der letzte große Aufschwung. Sein Chef war im Urlaub. Er könnte ihn an seinem Urlaubsort aufsuchen, um dort mit ihm in Ruhe über alles reden zu können. Im Urlaub musste sogar sein Chef Zeit haben und allein sein unerwartetes Auftauchen würde die Aufmerksamkeit seines Vorgesetzten steigern und ihn in Erstaunen versetzen: „Du hier?"

„Das hat einen guten Grund!"

Daraufhin würde er ihm alles erklären. Alles. Einfach alles. Ein für alle Mal. Direkt, ehrlich und unverfälscht. So wie die Wahrheit nun einmal ist.

Um den Urlaubsort seines Chefs ausfindig zu machen, suchte er dessen verwaisten Arbeitsplatz auf. Die Chefsekretärin war äußerst guter Laune und half dem offensichtlich Verwirrten: „Aber nein, er ist doch auf Spitzbergen. Das sollten Sie doch wissen." Sie kicherte. Sie war wirklich guter, wenn nicht sogar bester Laune: „Der obere Führungskreis hat sich dieses Jahr für die Jagd per Hundeschlitten entschieden."

An den Vorbereitungen hatte es bei ihm nie gemangelt, ob er nun um zwei oder drei Uhr früh aufstand oder einen Flug zu buchen hatte. Zudem hatte er herausgefunden, in welcher Region sie logierten, konnte aber dort keine Unterkunft buchen. Nun, er kannte den Namen der Siedlung. Das musste als Ziel vorerst genügen. Alles Weitere würde sich vor Ort ergeben.

Endlich angekommen, ging er mit seinem alten Rucksack beladen, den er für diese Reise als angemessen empfunden hatte, in der sehr nördlichen und sehr kargen Landschaft umher, hatte seine wärmsten Sachen angezogen, die diesem Klima jedoch wenig entgegenzusetzen hatten.

„Wo residiert man hier?", fragte er sich und jeden, den er antraf: „In welchem Haus kann man hier unterkommen? Ich sehe kein Hotel."

„Es gibt kein Hotel", antworteten ihm ausnahmslos alle Befragten.

„Nein? Und wo kommen die Gäste unter?"

Endlich erfuhr er etwas, das ihn weiterbrachte, nun ja, genaugenommen, hätte weiterbringen können, denn keinesfalls war sicher, dass sein Chef sich dort aufhielt, aber es war der einzige Anhaltspunkt, und so konnte er sich nur darauf stützen: „Ein reicher Herr vermietet manchmal an exklusive Gäste und Freunde."

„Dann muss er dort sein. Ja, so wird es sein. Dann ist er dort. Wie komme ich dorthin?"

„Oh, es ist eigentlich nicht weit. Aber Ihr werdet es wohl nicht schaffen."

„Nein? Wieso nicht? Wenn es doch nicht weit ist."

Der Einheimische musterte ihn eingehend: „Ihr gehört nicht dorthin."

„Nein, warum sollte ich das nicht? Das ist doch seltsam. Sie kennen mich doch gar nicht."

„Das muss ich nicht erklären."

„Und wenn ich Sie darum bitte."

„Ihr seid nicht der Typ."

„Nicht der Typ?"

„Die dort Aufgenommenen sind anders."

„Anders?"

„Da überlegt keiner so lange und fragt umständlich herum. Die sind einfach dort. Sie gehören somit dahin. Die würden nie hier herumstehen und sich mit mir darüber unterhalten, wie man dort hinkommt und ob man dort hingehört. So wie Ihr das tut."

„Dann breche ich jetzt wohl besser die Unterhaltung ab."

„Dafür ist es zu spät und sowieso …"

„Und sowieso?"

„Ändert sich dadurch nichts."

„Wo finde ich eine Herberge?"

„Vielleicht im Kiosk an der Anlegestelle. Aber es ist nicht sicher."

„Nicht sicher?"

„Nein, das ist es nicht. Oder seid Ihr angemeldet? Habt Ihr überhaupt eine Erlaubnis?"

„Nein. Braucht man die denn?"

„Ihr werdet schon sehen, ob man die braucht. Jedenfalls sehe ich, dass Ihr hier fremd seid."

„Das bin ich ja auch."

„Und meint immer noch, andere kämen Ihren Bedürfnissen entgegen."

„Tun sie das nicht?"

„Wozu sollten sie?"

„Ich werde sie schon dazu bringen."

Der Einheimische sah ihn mitleidig an: „Ihr werdet … gar nichts werdet Ihr. Ihr friert ja jetzt schon jämmerlich."

„Also jetzt gehe ich zu diesem reichen Herrn und seinen Gästen. Wo finde ich sie?"

„Hinter den Hügeln. Aber es sind Eisbären unterwegs und man weiß nie, in welchem Gebiet sie auftauchen. Dieses Jahr verhalten sie sich sehr unerfreulich. Sie sind überall und nirgends."

„Ich muss es dennoch wagen. Koste es, was es wolle. Ich muss dorthin."

Eisbären thronten auf den Hügeln und betrachteten den Fußgänger. Es war ein langer und mühsamer Weg.

Hundeschlitten jagten die Straße entlang, er musste zur Seite springen und stürzte dabei. Der gefrorene Boden war hart. Er glaubte seinen Chef, auf dessen Kopf eine riesige Fellmütze thronte, auf einem Hundeschlitten erkannt zu haben.

Zunächst blieb er liegen. Die Luft gebar Eiskristalle, es war bitterkalt. Mühsam richtete er sich auf. Er humpelte stark, aber schritt, ein Bein nachziehend, erneut schneller aus. Mehrmals wankte er auf dem blanken Eis, aber fiel nicht und ging immer weiter ins weiße Nichts hinein. Sein Ziel hatte er nicht aus den Augen verloren. Aber er würde es nie erreichen. Niemals!

Pariser Zeitsprünge

2018 – Aufräumen

Es war der immer gleiche Ablauf, der die Eltern zur Verzweiflung trieb und mit einer durch nichts zu vermeidenden Zwangsläufigkeit einsetzte, wenn sie ihr gemeinsames Zimmer *aufräumten*. Der zuvor leere Teppich war sogleich mit unzähligen Spielsachen übersät. Statt diese zusammenzustellen, breiteten sie alles aus und aus dem Wegräumen wurde im Handumdrehen ein Mit-allem-gleichzeitig-Spielen – das tollste Spiel überhaupt! Überall angefangene und auf unbestimmte Zeit andauernde Inszenierungen, unergründliche Arrangements, die von außen schwer zu durchschauen waren. Nichts durfte bewegt, geschweige denn weggeräumt werden. Nüchterne Elternaugen sahen eine einzige Unordnung. Für sie waren es auf das Erfreulichste zusammengefügte Phantasiegebilde, jene konfliktbehafteten oder in tiefer Freundschaft befindlichen Gruppierungen von zauberhaften Figuren, damit in Zusammenhang stehende Bauklotzarchitektur, engmaschige oder weitläufige Konstellationen von im Grunde friedliebenden und heldenhaften Gestalten, die von wilden, ihre scharfen Zähne zeigenden Tieren umstellt waren. Ach, wie herrlich waren all jene Varianten ihrer unübertroffenen Spielwelten, die im farbigen Riesenreich ihrer beneidenswert zensurfreien Phantasie Gestalt annahmen und zu den Kosmos füllenden, duftbunten Riesenblumen wurden. Die Eltern ließen sie nachsichtig und respektvoll gewähren, respektierten die innig geliebten Arrangements. Es durfte nichts verrückt, achtlos aufgeräumt oder fahrlässig gedankenlos in eine Kiste geworfen werden. Alle stolzierten storchenschrittartig, die kleinen Lücken nutzend, zwischen den großflächig ausgebreiteten Kostbarkeiten.

In jener Phase räumte er die Wohnung aus. Er beabsichtigte aus seiner Junggesellenzweizimmerwohnung in seine freiwerdende Eigentumswohnung umzuziehen, die abscheulich ruhig gelegen war. Er hatte einen großen Respekt vor ruhigen Stadtvierteln. Dennoch musste er zu gegebener Zeit von dem Altstadthaus, in dem außer ihm ausschließlich Studierende und Auszubildende wohnten, Abschied nehmen. „Das ist ja interessant", hatte kürzlich ein Student zu ihm gesagt: „Mein Vater ist gleich alt wie du!" Welche Option blieb ihm? Bevor er den Großvaterstatus erreichen würde, wurde es Zeit zu gehen. Er konnte und wollte nicht sein Leben lang das Dasein eines Nichterwachsen-werden-wollenden-Jünglings führen. Natürlich nahm er sich Zeit für das Ausräumen seiner Wohnung – und seines Lebensstils. Niemand hielt ihn zur Eile an! Im Lauf der Jahrzehnte hatte sich unbemerkt ein Imperium der Dinge um ihn angesiedelt. Wie hatte es nur soweit kommen können? Vor zwanzig Jahren hatte er, abgesehen von seinen Büchern, nicht mehr an Besitz, als in zwei Koffer passt. Also plante er für den Umzug zwei Monate ein, aus denen vier wurden, und las, wie es seine Art war, zunächst einen Ratgeber, in dem beschrieben wurde, wie man erfolgreich aussortiert. Auf zweihundertvierunddreißig Seiten Einweglektüre lernte er, dass er, was er wegwerfen wollte, aber nicht konnte, fotografieren solle. Das würde helfen, den Trennungsschmerz zu überwinden. Einige Gegenstände konnten, anstatt sie wegzuwerfen, zu einer persönlichen und höchstwahrscheinlich scheußlichen Collage zusammengefügt werden.

Nach einer Woche konsequenter Aufräumarbeit sah es in seiner Wohnung verheerend aus, und ihm wurde klar, dass er bis auf Weiteres keine Besucher empfangen könne, denn bisher kam, wie zu Kinderzeiten, nichts als die Unordnung voran. Was er im Verlauf vieler Jahre wohlverschnürt, kompakt weggeschoben, gebündelt, in Schächtelchen und Behälter aller Art gepresst, in Schubladen gelegt, in Truhen gebettet, im Schrankuniversum aus den Augen verloren, im Keller versenkt, im Dachboden auf Orbitalbahn geschickt, im Laufe der Zeit immer weiter verdichtet hatte, um nachrückenden Besitztümern im aufgeblähten Reich der tausendundein Gegenstände Platz zu gewähren, nahm aus der komprimierten Enge befreit und einzeln herausgenommen, einen immensen Raum ein. Schon waren Tische, Stühle, weitläufige Bereiche des Bodens bedeckt und auf seinem Sofa konnte er seine liegende Lieblingsposition nicht mehr einnehmen. Er fotografierte und warf weg, sortierte neu, aber es war jämmerlich wenig, von dem er sich trennen wollte. Er steckte mittendrin, hatte sich festgefahren! War er Herr des Imperiums der Dinge oder befahl dieses ihm, endgültig in seine Dienste zu treten? Ein möglicher Ausgang dieser Machtprobe war noch nicht abzusehen, als ihm das verschnürte Päckchen mit den Liebesbriefen seiner Jugend in die Hände fiel. Was sollte er Jahrzehnte später damit anfangen? Die Briefe waren längst nutzlos geworden, der Inhalt sicherlich ziemlich banal.

Wenn er anfing zu lesen, würde er sämtliche Illusionen über seine Jugend zerstören!

Natürlich schnürte er auf und fing an zu lesen. Am Ende hielt er auf dem Boden sitzend eine simple Postkarte in seiner Hand und schien in tiefer Überlegung versunken. Es lagen mehrere Postkarten, in der gleichen hübschen Handschrift bemalt, auf seinen Oberschenkeln. Von wem waren diese Postkarten? Unterschrieben von Carmen. Wer um alles in der Welt war Carmen? Auf einer Karte erwähnte sie Paris. Er überlegte eine Woche lang vergeblich, bis er sich in der Firma nach einem schwierigen Telefongespräch unvermittelt erinnerte. Er hatte ihr seine Adresse im letzten Moment gegeben, bevor sie sich trennten, nachdem sie sich gerade erst kennengelernt hatten. Mit Blick auf den Eiffelturm. Vor dreißig Jahren. Sie hatte ihm daraufhin eine Postkarte geschickt und er diese offensichtlich erwidert, denn sie bezog sich in ihrer nächsten Postkarte auf seine Antwort. Sie lebte damals unerreichbar weit weg, in einem Landkreis von Niedersachsen namens Lüchow-Dannenberg. Sie hatten sich ein paar Postkarten geschrieben, aber sich nie getroffen. Irgendwann waren die Postkarten einem Stapel parfümierter und mit üppigem Lippenkuss verzierter Adoleszenz-Korrespondenz hinzugefügt worden. Mit einem weichen und glänzenden blauen Band wurde ein sentimentales Päckchen geschnürt, welches in Vergessenheit geraten und ihm im Lauf der Jahre selten in die Hände gefallen war. Diesem Bündel hatte er nie mehr Beachtung geschenkt, es geschweige denn aufgeschnürt. Er respektierte den Dornröschenschlaf jener frühen Phase und tröstete sich damit, dass ihm dies als Amüsement seiner späten Jahre bleiben würde: Jene arglosen und bescheidenen Zeilen seiner Jugendtorheiten wiederzulesen, als alles noch einfach und eindimensional war, als sie das Startfeld gerade erst verließen, hinter ihnen die lange Gerade der *Kindheit* lag und sie ins Abenteuer *Erwachsensein* aufbrachen, von dessen biederen Ernst sie nur noch die verwirrende Jugend trennte: Jene Modifikation voll überschäumender Lebensenergie und tollpatschiger Ausgelassenheit, voller wilder und spontaner Unternehmungen einer endlich, endlich erreichten Freiheit!

Es war eine Phase herrlicher Verantwortungslosigkeit! Er beanspruchte das Recht, nur für sich zu leben, für seine Jugend, diese zu genießen und sich auszuprobieren. Es war eine ständige Feier, eine Silvesterraketenlaufbahn, funkensprühend und zauberhaft, bis die Rakete abgebrannt am Boden lag und er sich an einem fremden Ort wiederfand. Irgendwann war sein Lebenslauf mit Kerben und Einschnitten übersät. Er sah sich erstaunt um und flüsterte zaghaft: Oh, soll das schon vorbei sein? Wo bin ich nur gelandet? Und warum? Zurück geht es wohl nicht mehr. Wie schade!

Sie hatten damals vor, sich unbedingt zu treffen, sich gegenseitig per Postkarte alles Mögliche beteuert und große Hoffnungen in ein Wiedersehen gelegt. Aber es war nichts daraus geworden. Warum wusste er nicht mehr. Er fand einen Brief von ihr und in einem gefalteten Papierbogen das Bild einer Neunzehnjährigen. Eine etwas pausbäckige junge Frau, die unschuldig und sehnsüchtig, hoffnungsvoll und unverfälscht in die Kamera blickte. Sie hatten sich auf dem Champ des Mars kennengelernt. Sie und ihre Freundinnen mussten jedoch abreisen. Es war ihr letzter Tag in Paris gewesen, an dem sie sich vom Eiffelturm verabschiedeten.

Tagelang ist man in einer fremden Großstadt unterwegs, betrachtet alles und bestaunt vieles, fotografiert – lacht – redet und die geheimen Wünsche sind tief in einem verborgen. Es ist bunt und aufregend, aber es ist noch nicht die große Erfüllung, die bis in die Tiefe gehende Sensation, die diesen Urlaub zu dem ganz Großen macht, zu einem Traumgebilde, einem Ausnahmezustand. Bis man die eine Person trifft, auf die man sehnsüchtig gewartet hat, weil sie uns berührt, bedeutsam ist, in die man sich verliebt, die für einen besonders ist, die so anders auf einen wirkt, als der Rest der Menschheit. Manche sagen dazu abwertend Urlaubsflirt, und es mag auch oft nicht mehr sein, etwas, das im Alltag keine zwei Wochen Bestand hätte. Er konnte sich Carmen damals nicht in seiner gewohnten Umgebung vorstellen, mitten zwischen Ackerland und Dorfkirche. Er wäre vor Scham im Boden versunken, hätte er unerwarteten Besuch in seinem langweilig-öden Heimatort bekommen. Sie gehörte nicht hierher. Womöglich sprach sie nicht dieselbe Sprache. Sie verständigten sich mit den paar Vokabeln aus dem Französischunterricht und behalfen sich zwischendurch mit Englisch. Die fremde Welt wäre die richtige. Er muss in ihr Land gehen, nur dort konnten sie ein neues Leben für sich erfinden. Aber in diesem Fall traf das alles doch gar nicht zu. Schließlich kam sie aus dem Landkreis Lüchow-Dannenberg.

Er verließ die durch Ausgekramtes verunstaltete Wohnung, erwarb eine Postkarte samt Briefmarke, notierte ein paar Worte und seine Telefonnummer. Er traute sich dies, vor allem, weil er damit rechnen konnte, dass sein Wagnis ins Leere laufen würde. Die hervorgekramten Postkarten waren dreißig Jahre alt und seine Postkarte würde die Adressatin nicht erreichen und wenn, konnte sie sich bestimmt nicht an ihn erinnern, oder sie hatte drei Kinder und womöglich bereits Enkelkinder. Verrückt, wer schreibt nach dreißig Jahren ohne jeglichen Kontakt? Vor allem, wenn man sich nur einmal begegnet ist, und diese Begegnung nur eine halbe Stunde dauerte. Ihm war bewußt: Kein Mensch wartete auf ihn. Und schon gar nicht eine Frau, die ihn längst vergessen hatte. Durch ihre eng beschriebenen Postkarten erfuhr er unter anderem, dass sie damals mit ihren Freundinnen in einem Fiat Panda, Baujahr 1982, nach Paris gerauscht war. Das gefiel ihm, weil ihn das an seine Jugend erinnerte. Ein Freund, mit dem er oft unterwegs gewesen war, hatte auch einen Panda gefahren: Alles war eckig und gerade, die Sitze hatten sich angefühlt wie gepolsterte Campingstühle. Das war damals genau das Richtige für sie, die jegliche Assimilation durch Statussymbole ablehnten und sich lieber auf die wirklich wichtigen Dinge hatten einlassen wollen. Inzwischen völlig in der Retroperspektive gefangen, irritierte ihn eine Frage: Warum waren diese wirklich wichtigen Dinge auf der Strecke geblieben?

Sie antwortete wie vor dreißig Jahren per Postkarte, und von da an schrieben sie sich wieder. Keineswegs mithilfe eines elektronische Nachrichten übermittelnden Dienstes. Seit ihrem ersten Treffen hatten diese unweigerlich Einzug gehalten. Was war nicht alles seit damals geschehen? Es war kaum fassbar, dass solch ein weitgefasster Bereich der Zeitgeschichte bereits Teil der eigenen Biographie war. Aber seine Gedankengänge führten ihn, wie so oft, zu weit weg von Naheliegendem.

Natürlich zweifelte er auf dem Weg nach Paris an ihrem Vorhaben, vielleicht gerade deshalb, weil sie sich gemeldet hatte. Während eines zweimonatigen Nachrichtenaustauschs hatten sie sich weiterhin per Postkarte und nicht per Smartphone verständigt. Zugegeben, der tägliche Gang zum Briefkasten veränderte sich. Es war aufregend, eine Postkarte darin zu finden. Der zeitliche Abstand des Schreibens und Erhaltens einer Nachricht beeinflusste ihre Kommunikation. Er beschloss, auch seinen Freunden Postkarten, anstelle elektronischer Nachrichten zu senden. Die würden Augen machen, wenn die Antwort per Postkarte erfolgte. Aber wer würde darauf eingehen und ihm wiederum Postkarten senden? Nur eine Frau aus dem Landkreis Lüchow-Dannenberg war dazu bereit. Zwischen Paris und Paris lagen dreißig Jahre. Natürlich war diese Reise ein einziges, verzweifeltes Wagnis! Aber die Konsequenzen eines Scheiterns würden nicht allzu dramatisch sein. Zur Not mussten sie sich höflich und den nötigen Anstand wahrend aus der Affäre ziehen, ohne dass es allzu peinlich oder verletzend wurde. Nur einmal malte er sich aus, wie sie ihm eine furchtbare Szene machte. Er verscheuchte diese unerquickliche Vorstellung rasch wieder, schob diese seiner überreizten Phantasie zu und lächelte nachsichtig bei dem Gedanken, wozu ein Aufräumen der Wohnung führen kann.

Auf der Fahrt nach Paris, das Zugticket in der Brusttasche, versuchte er, sich angestrengt daran zu erinnern, wie sie damals nach Paris gereist waren, und erinnerte sich erst, als er seinen Wintermantel an den Haken neben dem Zugfenster hängte. Sie hatten die Anreise hinter einer mit Musterkostümen gefüllten Kleiderstange in einem Kombi zweier Handelsvertreter zurückgelegt. Die kleine und dynamische Pariserin im schwarzen Abendkleid, bei der die Händler eingeladen waren, vermittelte die Mitfahrer sofort weiter und sorgte dafür, dass sie schleunigst abgeholt wurden. Offensichtlich wollte sie die zwei durstigen und sich mit lüsternen Augen umsehenden Neunzehnjährigen keine Sekunde länger als nötig in ihrer Wohnung haben. Sie hatte mit einem scharfäugigen Blick die tiefsten Abgründe ihrer jugendlichen Seelen ausgelotet.

Während er in Straßburg den TGV bestieg, fasste er zusammen, was er von Carmen wusste. Es war nicht viel. Postkarten sind klein und nach Abzug von Adressfeld und Briefmarke bleibt nicht viel Schreibfläche. Aber war nicht weitaus wichtiger, was sie von ihm *nicht* wusste? Wenn sie wüsste, wo sie sich damals jeden Abend herumgetrieben hatten …

Wie oft klagt der moderne Mensch über Zeitmangel. Als ob es dafür keine Abhilfe gäbe! Man muss nur einen Zug besteigen. Auf seinem reservierten Sitzplatz versuchte er sich zu erinnern, wie sein Freund und er damals die Zeit in Paris verbracht hatten, von der Carmen, außer jener kurzen Begegnung auf dem Champ de Mars, nichts wusste …

1988 – Der Morgen

Im Technischen Museum versuchten sie etwas Schlaf zu finden, aber sporadisch vorbeikommende Besucher betätigten einen Knopf an einem Glaskasten und eine scheppernde Stimme erklärte, wie Edison die Glühbirne erfunden hatte. Bereits 1988 entsprach dies einer hoffnungslos veralteten Technik, aber das Budget des Museums war wohl gering.

1988 – Der Nachmittag

Am Grab von Jim Morrison lümmelten sie ergebnislos herum, weil zwei junge Franzosen, die mitten in der Nacht Wahlplakate für *Les Verts* anklebten, ihnen in verschwörerischem Tonfall mitgeteilt hatten, dass Frauen, die nicht schwanger werden konnten, um diesem Zustand abzuhelfen, auf dem Grab von Jim Morrison Sex hätten. Sie hatten die letzte Metro versäumt. Um kurz nach Mitternacht stellten die ersten Metrolinien ihren Betrieb ein, was sie überraschte, denn sie hatten selbstverständlich erwartet, dass eine Weltstadt wie Paris vierundzwanzig Stunden lang nicht zur Ruhe kam. Sie wohnten in einem Vorort, der zu Fuß nicht zu erreichen war, und waren somit dazu verdammt, sich eine Nacht in Paris um die Ohren zu schlagen. Eine Leichtigkeit für zwei Neunzehnjährige, lachten sie und konstatierten verwundert, wie ein Lokal nach dem anderen schloss. Spätnachts irrten sie in der zunehmenden Kälte um das wuchtige Operngebäude, bis sie auf die zwei jungen Franzosen trafen, die bei Nacht und Nebel an allen möglichen und unmöglichen Stellen ihre Plakate anbrach-

121

ten, obwohl damals in Frankreich kaum jemand *Les Verts* wählte. Die zwei Verlorenen ließen sich nur allzu gerne in eine noch geöffnete Kneipe führen, rieben sich die Hände, tauten langsam auf und tranken kühles Bier aus kleinen Gläsern. Sein Freund sprach kein Französisch, also dolmetschte er in langen gestelzten Sätzen. Als ihren neuen Gefährten das Geld ausging, luden sie diese ein. Die Preise stiegen mit fortschreitender Uhrzeit, was sie seltsam fanden, aber in Frankreich durchaus üblich war und irgendwann landeten sie in einem Dachbodenzimmer. Ein Joint bestätigte und erneuerte die so unentbehrliche deutsch-französische Freundschaft auf einer Ebene, die ihnen jener Mitterrands und Kohls gleichwertig, wenn nicht überlegen schien. Womöglich wäre es der Völkerfreundschaft zweckdienlicher, statt Kameras auf Staatsoberhäupter zu richten, sich verbrüdernde Jugendliche zu filmen, die sich zudem vermutlich besser vergnügen. Sie schliefen zwei Stunden auf alten Sesseln, auf denen sie gerade noch geraucht hatten, machten sich in der Morgendämmerung auf den Weg, um die wie durch ein Wunder wiederbelebte Metro zu nutzen, die sie so nonchalant einer Pariser Nacht überantwortet hatte.

1988 – Der Abend

Bei einem Sternekoch, der als Lebensmitteleinkäufer arbeitete, wohnten sie, da dieser der Familie seines Freundes zu Dank verpflichtet war, weil jene ihm in einer Notlage geholfen hatte. So kam es, dass der Gastgeber jeden Abend für sie in der Küche ein Gericht zauberte. Schließlich hatte er im besten Restaurant einer schwäbischen Universitätsstadt seine Kochausbildung abgeschlossen. Vor dem Abendessen tranken sie eiskaltes französisches Bier aus niedrigen, bauchigen Gläsern, zum Essen wurden mehrere Flaschen Wein geöffnet. Sie waren mittelschwer angeschlagen, wenn allabendlich gemeinsam das Wohnzimmer umgebaut wurde, damit das Zweiersofa ausgeklappt werden konnte. Bettschwer hingen sie nach dem Diner in der wohligen Wärme des Wohnzimmers und hätten auf sämtliche Abenteuer der Großstadt liebend gerne verzichtet. Aber sobald ihre Lider nur noch träge blinzelten, wurden sie vom Koch und seiner Partnerin fröhlich, unter zahllosen „Profitez bien!"-Rufen, im Handumdrehen aus der Wohnung hinausgeschoben. Von der Kühle des Pariser Winters angetrieben, liefen sie in ihren Lederjacken der nächsten Metrostation entgegen. Entstiegen sie der muffigen Unterwelt in Bezirken mit Straßenprostitution, glotzten sie sich die Dorfjungenaugen aus dem Leib.

Nachdem sie schon zweimal das Karree umrundet hatten, hielten zwei Frauen sie an den Unterarmen fest. Die Begierde war ihnen wohl deutlich anzusehen. Er sah seinen Freund an und vermutete, dass dieser mitgehen würde. Ein Nicken hätte genügt. Sie schüttelten die Köpfe und gingen weiter.

2018 – Der Morgen

Zunächst hatten sie die Idee, sich in Paris auf dem Champ des Mars zu treffen, um nach dreißig Jahren ihre damalige Begegnung übergangslos fortzusetzen. Dies erschien ihnen doch etwas zu pathetisch, aber auch wiederum irgendwie rührend-lächerlich, so dass es vielleicht doch nicht nur als kitschiges Bravourstück zweier Gescheiterter auf dem Höhepunkt ihrer Midlife-Crisis zu werten gewesen wäre. Aber natürlich hätten sie ein Wiedersehen zu Füßen des Eiffelturms nach ein paar Monaten, höchstens nach einem Jahr, vereinbaren müssen. Dafür war nun wirklich zu viel Zeit vergangen. Sie trafen sich in der Hotellobby und hatten ein Doppelzimmer mit separaten Betten gebucht, was ihnen als annehmbarer Kompromiss erschien.

„Dass das immer noch unverändert ist", schwärmte sie. Das sei phantastisch. Er ergänzte, es sei hier eben nicht so wie in Deutschland, wo alles ständig zu Tode renoviert würde. Da wäre der Place du Tertre inzwischen mindestens fünfmal umgebaut und jedes Mal ein wenig mehr entstellt worden. Bei einem Kaffee auf einer schmalen Terrasse sahen sie den Porträtmalern zu. Carmen erzählte, wie toll sie damals die Zeichner fanden und dass sie sich alle hatten malen lassen. „Und es gibt immer noch diese Scherenschnittkünstler! Die hatte ich ganz vergessen!" Er überlegte, ob das Wort Künstler angebracht war, verzichtete jedoch auf jeglichen Kommentar und beschloss, den Anblick zu genießen, sich dem Moment zu überlassen, was ihm oft genug schwerfiel, da er sich ständig in ausufernden Gedankengängen verfing. Carmen schien hierbei viel gegenwartsechter und wachsamer. Sie machte ihn auf allerlei aufmerksam, was er ohne sie übersehen hätte.

Auf dem Cimetière du Montparnasse deutete sie auf das Grab Émile Zolas: „Schau, der hat die Haare nach hinten gekämmt." Sie fand, dass auch ihm nach hinten gekämmte Haare besser stehen würden. Natürlich fotografierten sie bei dem Friedhofsrundgang das Grab von Heinrich Heine und suchten nach der letzten Ruhestätte Stendhals. Als sie den Friedhof verließen, fand er es erstaunlich, dass sie am Grab Zolas dessen Frisur hervorgehoben und mit seiner in Verbindung gebracht hatte. Sie überraschte ihn. Zweifelsohne. Er hatte vergeblich versucht, im Geiste Zolas Werke aufzulisten, jedoch der Verlockung widerstanden, auf Wikipedia nachzulesen, um die Stimmung ihres ersten Tages in Paris nicht mit digitaler Ablenkung zu verunstalten.

1988 war ihm das Moulin Rouge zwergenhaft vorgekommen, weil er aufgrund dessen vorauseilenden Rufs und seiner enormen Berühmtheit mehr und Größeres erhofft hatte. 2018 erschien es ihm nicht mehr so klein, weil er sich entsann, dass er es einst als winzig empfunden und Ernüchterung verspürt hatte. *So klein ist es doch gar nicht*, dachte er dreißig Jahre später. Seine ehemalige Enttäuschung hatte das Moulin Rouge in seiner Erinnerung übermäßig reduziert. So übertraf es im Gegensatz zu damals seine Erwartung. Zudem fand er es in Anbetracht seiner Entstehungszeit angemessen. Wie man vieles nachsichtiger beurteilt, sich selbst nicht ausgenommen, wenn man demnächst fünfzig wird.

2018 – Der Nachmittag
Im Café Les Deux Magots nahmen sie einen Imbiss zu sich und lichteten sämtliche Fotografien, die an den Wän-

den hingen, ab. Ringsum weltberühmte Schriftsteller. Darunter natürlich – Hemingway! Aber das war nicht weiter verwunderlich. Wo hatte der nicht seine Spuren hinterlassen? Es gab ein Bild mit Simone de Beauvoir, wie sie ganz allein an einem Tischlein im leeren Café sitzt und vermutlich an einer ihrer voluminösen Schriften arbeitet. Carmen knipste Bilder von ihm, während er jegliche Zurückhaltung aufgab und sein Kuli über dem obligatorischen Autorennotizbuch schwebte. Er fand es sehr entgegenkommend, dass sie ihn während ihrer ersten gemeinsamen Pariser Stunden, die langsam aber sicher drohten, zu einer Hommage an verstorbene Größen der Literatur zu werden, so aktiv begleitete. Sie schien alle Qualitäten einer treuen Partnerin und guten Gefährtin aufzuweisen. Carmen war eine faszinierende Frau. Zudem war sie äußerst sportlich. Ehrlich gesagt hätte er sonst wohl längst krampfhaft und verzweifelt überlegt, wie er sich zurückziehen könnte, während er undurchsichtig und geduldig gelächelt hätte. Er kam nicht umhin, sich einzugestehen, was für ein verlogenes Scheusal er doch im Grunde war. Aber sind wir in unserer Ichbezogenheit nicht alle, natürlich auf unterschiedliche Art, ein wenig grauenhaft? Dieser Gedanke tröstete ihn nicht unerheblich.

Die Galerien in Saint-Germain-des-Prés begeisterten wiederum Carmen, ihre jederzeit wachen Augen leuchteten und ihr aufnahmebereites Gemüt, das nach Farben und Fröhlichkeit lechzte, wurde zufriedengestellt. Beim Mittagsmenü lernten sie ein älteres französisches Paar kennen, welches sie auf einen Kaffee einlud, um sie in Paris willkommen zu heißen. Er war während seines Militärdienstes in Freiburg gewesen und brachte euphorisch seine spärlichen deutschen Vokabeln an. Sie aßen in den Gesprächspausen, die knapp ausfielen, da das ältere Paar sich so gerne mit ihnen unterhielt. Die Franzosen versicherten ihnen zwar immer aufs Neue, dass sie doch erst einmal essen sollen, aber daraufhin redeten sie weiter auf sie ein. Sie würden in einem Pariser Vorort wohnen und kämen jede Woche ein- bis zweimal nach Paris, um einzukaufen, essen zu gehen und Ausstellungen zu besuchen. Der alte Herr kam während des Abschieds als ehemaliger Soldat auf den Krieg zu sprechen. Ihnen fiel keine Antwort ein. Sie waren erleichtert, als die Frau ihren alten Soldaten nachsichtig wegzog und ihnen dabei verständnissinnig zublinzelte.

2018 – Der Abend

Eine Gasse aus grünen und weißen Tannenbäumen inmitten eines Weihnachtsmarktes führte zum maison du père Noël, in dem Weihnachtsmänner saßen und auf dessen Holzterrasse eine rote Hose und eine rote Jacke an einer Wäscheleine hingen. Asiaten mit an Selfiesticks aufgespießten Smartphones und Eltern mit Kindern auf dem Arm stapften verzaubert lächelnd den mit Flitter überladenen Weg entlang.

1988 staunte er über den nimmermüden und ungeheuerlichen Autostrom, der sich von allen Seiten in den Kreisel der Nation ergoss. Sie brauchten damals fünfundvierzig Minuten für eine Umrundung. Dreißig Jahre später fand er, am Arc de Triomphe sei gar nicht so viel los, vermutlich weil überall der Verkehr zugenommen hatte.

Sie kauften Hosen auf der Avenue des Champs-Élysées und Carmen erinnerte sich lachend daran, dass sie hier vor dreißig Jahren das erste Mal in ihrem Leben Autos hinter einer Schaufensterscheibe gesehen hatte. Sie bewunderten Lichtinstallationen am Grand Palais im Rahmen einer Gauguin-Ausstellung und dinierten in der Nähe der Oper. Er trank nur ein Bier, weil er sich seit einem Jahr an ein selbstauferlegtes Limit hielt, was ihm nicht leichtfiel und er sich gerade deshalb streng daran ausrichtete. Carmen erwähnte leichthin, dass sie sich nichts aus Alkohol mache, zwar stets die Vorstellung eines Glas Rotweins gemütlich fände, aber jedes Mal aufs Neue enttäuscht sei und es ihr trotz aller Bemühungen nicht schmecken würde.

Sie wurden von einer am Nebentisch sitzenden Französin angesprochen, die fragte, warum sie Tee und Bier trinken würden. Der Wein hier sei doch gut, dies sei schließlich keine Touristenkneipe.

Von einer Holzbrücke aus, auf der ein Musiker spielte, der Carmen zu einer romantisch-verzückten Stimmung verhalf, betrachteten sie die beleuchtete Pont Neuf und die Île de la Cité. Sie beschlossen den Tag bei einem Nachtspaziergang am Seineufer und schlenderten händchenhaltend dem beleuchteten Eiffelturm auf ihrer ganz persönlichen Suche nach der verlorenen Zeit entgegen.

2018 – Abreise

Beim Ankleiden traute sie sich zu sagen: „Braun und blau trägt nur 'ne alte Sau!" Warum dies wiederum dazu

führte, dass sie kurz vor Ende ihres gemeinsamen Paris-
wochenendes doch noch Sex hatten, ist nicht einfach und
nebenbei zu ergründen, würde den Rahmen dieser Erzählung sprengen und sich ungünstig auf die Ausgewogenheit
des Textes auswirken. Die erotische Komponente war
jedenfalls nicht mehr vorherrschend. Kein Vergleich mit
dem quälenden Drang vor dreißig Jahren, der sie nachts zu
den Rundgängen in den Rotlichtvierteln getrieben hatte.
Aber ein Wiedersehen ohne Sex wäre vielleicht doch zu
wenig gewesen, wäre einem unausgesprochen Vorwurf,
womöglich einem Offenbarungseid gleichgekommen. Wäre an seiner Stelle sein um dreißig Jahre verjüngtes Selbst
gewesen, hätten sie aus dem Bett nicht mehr herausgefunden und ihre Züge verpasst.

Aus unerfindlichen Gründen warf er seinen Rucksack
in einer Vierergruppe ab, obwohl diagonal gegenüber drei
dezent angeschickerte ältere Damen saßen, die, wie sich im
Verlauf der Fahrt herausstellte, den Weihnachtsmarkt in
Straßburg besucht hatten, auf dem Rückweg in ihren Heimatort waren und sich während der Fahrt angeregt unterhielten. Eine erzählte von einem Unfall, und als eine ihrer
Begleiterinnen sie fragte: „Wann war das? Diesen Sommer?", bekam sie zur Antwort: „Nein, vor fünfundvierzig
Jahren."

Es fiel ihm durchaus schwer, sich auf die Lektüre von
Heinrich Seidels *Leberecht Hühnchen* zu konzentrieren, gelang es den drei Damen doch immer wieder, mit noch
abstruseren Gesprächsinhalten seine Aufmerksamkeit ein-
zufangen, etwa als der Regionalexpress auf einem men-

schenleeren Provinzbahnhof hielt und sie sich angeregt über auf dem Bahnsteig befindliche Spinnweben unterhielten: „Die könnten sie auch mal wegmachen!" „Was?" Mangelnde gegenseitige Aufmerksamkeit für die zusammenhangslosen Gesprächsinhalte konnte man ihnen nicht vorwerfen. Sie schnappten nach jedem vorgebrachten Satz, mochte er ihm auch noch so sinnlos erscheinen. „Die Spinnweben da." „Ah ja! Natürlich!" „Und die Spinne lebt bestimmt nicht mehr." Von nun an redeten sie ausdauernd über Spinnennetze auf Bahnsteigen, hielten an jeder Station gierig Ausschau danach. Seit Straßburg hoffte er auf nichts anderes, als das Erreichen des Heimathafens der drei Frauen. Diese blieben indessen Haltestelle für Haltestelle ungerührt sitzen. Aber wenn sie ausstiegen, würde sie Spiderman in Spinnennetze einwickeln und an einer Bahnhofslaterne baumeln lassen, wobei ihm wiederum die Spinnen in nächster Nachbarschaft leidtaten. Haben Spinnen ein Gehör? In einem Regionalzug der Deutschen Bahn hat man endlich Zeit – und weiß dann nichts damit anzufangen. Man ist an den Umgang mit freier Zeit schlicht und einfach nicht mehr gewöhnt. Mit Hilfe dieses Gedankens entschuldigte er seine verworrenen und finsteren Phantasien. Irgendwann stiegen die drei Frauen unter großen Vorbereitungen doch noch aus, und eine junge Frau nahm ihren Platz ein.

Sie verstaute zwei Rucksäcke auf der Gepäckablage und fragte ihn, ob er aus ihrer Hüfttasche, die sie über dem Po trug und deren Gurt durch sämtliche Gürtelschlaufen ihrer engen Hose gefädelt war, ihre Uhr herausnehmen könne. Er begann zu suchen, musste dazu in ihrer Hüfttasche

herumkramen. Diese war wulstig gewölbt und wies mehrere Reißverschlüsse auf. So steckte er seine Finger tief hinein und tastete umher, da er nichts in den Untiefen ihrer
prall gefüllten Hüfttasche erkennen und er ihre Uhr somit
nur erspüren konnte, während sie ihm dabei entgegenkam,
indem sie sich auf die Ballen stellte, sich am Gepäckgitter
festhielt, ihren Rücken ins Hohlkreuz zwang und ihren
Hintern nach hinten und oben reckte. Schließlich ertaste er
ihre Uhr, zog diese vorsichtig heraus, schloss sorgfältig
sämtliche Reißverschlüsse, reichte ihr die Uhr und fragte
sich, ob sie die gleichen Hintergedanken gehabt hatte wie
er. Sie kannten sich nicht, waren sich aber innerhalb weniger Momente sehr nahegekommen. Während er den Zug
und daraufhin den Bahnhof verließ und seiner im Auf-
räumzustand befindlichen Wohnung entgegenschritt, fragte er sich, ob sie sich weiterhin Postkarten schreiben würden. Und ob sie sich wiedersehen würden. Sicher war nur
eines: Zwischen Paris und Paris lagen dreißig Jahre. Dreißig Jahre waren aus seiner jetzigen Sicht keine Ewigkeit.
Damals war das anders. Damals war vieles anders.

Der unbeugsame Traumdiener

Seit meiner Schulzeit hasse ich fleißige Mädchen inbrünstig. Esther fand sich sogar hier zurecht, in diesem fremdartigen Land. Hier war alles anders und man verstand die Ureinwohner kaum. Sie raffte sofort, wie man eine Playlist erstellt, während ich mir noch umständlich notierte, von welchen Internetseiten die entsprechenden Bilder herunterzuladen waren, wie man Datum und Uhrzeit mit dem richtigen Tool hinzufügte und schließlich die ganze Chose ins richtige Format namens DCP umwandelte, damit es als Standbild nach dem Trailer eingeblendet werden konnte. Zu allem Überfluss hatte sie sich nach kurzem Zögern bereit erklärt, die Playlist für die nächste Vorführung zu erstellen. Sie hatte minimal gezögert und wollte sich dadurch wohl den Anstrich verleihen, ihrem Mitpraktikanten eine faire Chance einzuräumen, damit auch ich, good old Freddy, mich hätte melden können, aber: „Geh zur Hölle, verdammte Playlist!" Okay, ich gebe es ja zu: Ich neige zu Krawallphantasien, aber dachte nicht eine Sekunde lang daran, mich vorzudrängen. Das wäre sowieso schief gegangen, zumal ich heute Morgen natürlich keinen Joint hätte durchziehen sollen, um mir dadurch den grauen ersten Tag zu erleichtern, der, wie ich mit an Sicherheit grenzender Wahrscheinlichkeit angenommen hatte, absolut sinnlos sein würde. Woher hätte ich wissen sollen, dass das hier nicht strunzlangweilig werden würde? Wer konnte ahnen, dass die hier gleich voll einsteigen würden! Der Tag war eng getaktet, eine Einführung nach der anderen wurde durchgezogen und eine Erklärung auf die nächste gepackt! Dass man uns sofort vor den Karren spannen würde, damit hatte ich nicht gerechnet! Tatsächlich kamen sie auch noch mit eigenverantwortlichen Aufgaben aus der Reserve. Die wollten uns wohl schwer beeindrucken und uns gleich zu Beginn ihr höllisches Schweizer-Bergsteiger-Tempo angewöhnen! Geh auf Reisen und du lernst nie aus!

Da ich nichts Besseres zu tun hatte – nun, um zur Abwechslung mal ehrlich zu sein: Da ich nicht mit dem unheimlich konzentriert malochenden Geschäftsführerarbeitstier Urs im Büro bleiben wollte, der mich sicherlich mit Aufgaben zugeschüttet hätte – hing ich mich an die hyperfleißige Esther dran. Folgsam trottete ich der Aufrechten in Richtung Vorführraum hinterher. Diese Taktik erspart dir einiges. Die Erfahrung hatte ich schon oft genug gemacht: Wenn du nicht durchblickst, weil du konzentrationstechnisch gerade nicht on top bist, dann häng dich besser an jemanden ran, der es draufhat. Auf diese Weise hatte ich endlose Durststrecken in der Schule überstanden. Ich nenne das *Den-Nebensitzer-Effekt.* Ein guter Nebensitzer kann Wunder vollbringen und sogar hoffnungslose Fälle wie mich durchs Nadelöhr namens Klassenziel schleusen.

Esther fingerte bereits mutig an dem Projektor herum, als wäre sie mit dem Ding großgeworden, als hätten ihre Eltern keinen TV, sondern einen 4K-Kinoprojektor im Wohnzimmer stehen gehabt und sie bereits im Krabbelalter Playlisten erstellt. Nebenbei beäugte ich ihre Figur.

Kategorie: Absolut sehenswert! Vor allem der Hintern. Rund und jeglicher Schwerkraft trotzend.

„Schaust du eigentlich auf den Bildschirm oder auf meinen Hintern?", fragte sie justament.

Dabei hatte ich nur einen kurzen Blick riskiert. Na ja, vielleicht auch zwei. „Nein! Wieso? Man schaut sich eben an, mit wem man seine Zeit verbringt. Und warum bist du eigentlich hier?"

„Um ein Praktikum zu machen."

„Na, das überrascht mich jetzt aber! Ich dachte, du bist hier, weil du heimlich in unseren Geschäftsführer verliebt bist."

„Und weshalb bist du hier?"

„Weil die Schweizer halbwegs anständig bezahlen. In Deutschland sollst du ja noch schön Danke Danke sagen, wenn der Start-up-Massa dich quasi ohne Lohn für irgendeinen Höllenjob dein unerfahrenes Hinterteil aufreißen lässt, was ihn noch reicher macht, als er eh schon ist und du, am Ende ausgepowert, eine weitere nutzlose und zweifelhafte Erfahrung verbuchen kannst. Und du? He, sag an!"

„Das Filmlabor 14 hat nicht nur im Thurgau einen exzellenten Ruf. Mein Freund studiert in Konstanz, auch deshalb wollte ich für das Praktikum in der Nähe bleiben. Und später will ich unbedingt etwas mit Kino machen."

Da musste ich einen draufsetzen, so einer Strebertussi musste ich es zeigen, das war ja nicht zum Aushalten: „Übrigens verdopple, wenn nicht verdreifache ich die paar Franken Gehalt!"

„Tatsächlich?"

„Du glaubst mir wohl nicht?"

„Wieso sollte ich dir nicht glauben? Aber kommt es darauf wirklich an? Hauptsache du glaubst dir."

„Genau. Man muss Vertrauen in sich haben und gute Nerven."

Weil sie nicht nachfragte, schob ich die benötigten Informationen hinterher: „Ich zocke – und zwar erfolgreich."

„Du meinst Spiele wie Poker und so?"

„Nicht gerade Poker, aber es geht in die Richtung." Fast hätte ich noch *Puppe* an den Satz drangehängt, aber ich konnte es mir gerade noch verkneifen. Man muss es sich ja nicht gleich zu Anfang verderben: „Ich habe ein System", ließ ich die Edle wissen.

Eine Playlist zu erstellen, bedeutete ein ganzes Stück Arbeit. Das wurde schnell klar. „Das ist ja aufwendiger, als ich dachte."

„Ach, wenn man dranbleibt, geht es doch."

„Also, ganz ehrlich gesagt, genau das finde ich schwierig. Um etwas fertig zu machen, muss man sich absolut abrackern. Ich habe angefangen, an einem Band mit Kurzgeschichten zu schreiben. Wenn solche Texte wirklich final redigiert werden sollen, strotzt das nur so vor Arbeit. Wenn du dir im falschen Moment so 'n Egoprojekt erst mal ungeschickterweise zusammenphantasiert hast, dann artet das in üble Selbstversklaverei aus! So etwas macht old Freddy nur unter enormen Druck, voll im Würgegriff mit Abgabetermin und so. Ich brauche immer die komplette Drangsal, sonst sacke ich total ab. Ich schwöre dir: Mein Bleihintern klebt schwerer als sonst was am Boden, wenn es darum geht, arbeitstechnisch die Leistung hochzufahren."

Da könnte ja jeder kommen. Ich stoppte die Lady, die mit ihrem Sohn an der Hand ins Kino marschierte: „Tut mir leid, aber der Film ist für Kinder unter zwölf Jahren nicht freigegeben!"

Schnippisch ließ sie mich ohne anzuhalten wissen, dass sie die Frau von Urs sei, und marschierte weiter. Im nächsten Moment brach ein Gezeter im Büro aus, woraufhin die gerade noch friedliche Kino-Arbeitsatmosphäre in tausend scharfe Splitter zersprang. Esther und ich schauten uns erschrocken an. Es wurde etwas leiser, weil die Bürotüre geschlossen wurde, aber das Gezeter war immer noch deutlich zu hören und hielt sich bewundernswert lange auf höchstem Dezibel-Niveau.

Wir waren für die Abendvorstellung eingeteilt, was arbeitszeittechnisch wohl zulässig war, weil wir am ersten Tag erst mittags angefangen hatten. Sonst hätte ich auf das Arbeitszeitschutzgesetz verweisen müssen. Aber Urs wollte, dass wir so schnell wie möglich in den reellen Betrieb einstiegen. Esther, die Unfehlbare, übernahm die Eintrittskasse, und ich bezog meinen Posten an der Bar. Übrigens konnten Mitarbeiter Getränke zum Vorzugspreis beziehen. Das hatte ich in meinem benebelten Zustand aus der Informationsflut der ambitionierten Einführung herausgefiltert. Es war schon immer eine Stärke von mir, mich auf das Wesentliche zu konzentrieren. Es gab eine geduldige Strichliste, in die irgendein überperfektionistischer Schweizer bereits unsere Namen eingetragen hatte. Eine gute Sache. So musste man nicht ständig cash am Mann haben. Ganz oben stand der Name unseres Chefs Urs, und darunter waren die Vereinsmitglieder aufgeführt, die wir auf der nächsten Dienstagssitzung kennenlernen sollten.

Ob die Anwesenheit während der Abendveranstaltungen als Arbeitszeit angerechnet würde, hatte ich unseren Herrn und Gebieter gefragt. Urs hatte einen Moment gezögert, bevor er antwortete. Ok, vielleicht hätte ich das nicht am ersten Tag fragen sollen. Aber das verschaffte mir einen Wissensvorsprung, und so trug ich mich flugs in sämtliche Abendveranstaltungen ein, damit ich tagsüber nicht zu viel Dienst schieben und nicht ständig mitten in der Nacht aufstehen musste, um mich halbtot ins Büro zu schleppen. Somit überließ ich Esther die Erstellung der Playlisten, die nervigen Anfragen bei den Filmverleihern, das Abrechnungswirrwarr und den ganzen lästigen Büro-Kleinkram. Sie vermittelte den Eindruck, als würde sie sich jederzeit aufopferungsvoll auf das Notwendige stürzen. So wie sie sich bereits bei der Playlistenerstellung vorgedrängelt hatte, die alte Streberin! An einem absolut leckeren Schweizer Bier nippend, sah ich sie vorne am Eingang an der Kinokasse stehen und brav Tickets abreißen, Strichlein machen und vor aufgeregter sowie souveräner Pflichterfüllung mit ihrem hübschen *Füdli* wackeln. He, meine erste Schwiizerdütsch-Vokabel: *Füdli*. Das soll mir erst mal jemand nachmachen. Ich war absolut auf dem richtigen Weg, mich zu integrieren. Es soll ja ein Riesenthema sein, dass die in der *Schwiiz* arbeitenden *Dütsche* sich nicht anpassten. Esther hatte längere Beine als ich und war einen Kopf größer, aber bei den Kulturladys, die LiteraturKunst-Medien studierten, wusste man nie, woran man war. Vielleicht stand sie auf so einen Gnom wie mich. Die erste

137

Besuchergruppe kam zwischen den schwarzweißen Klassiker-Filmplakaten auf die Theke zu, während ich ein weiteres Bier aus der Schublade hievte. Was für ein herrlicher Anblick, so eine Tiefkühlschublade, in der sich die Bierflaschen aneinanderschmiegten! Rasch entkronenkorkte ich, nahm gierig einen einträglichen Zug. Schließlich wollte ich relax der Sache entgegensehen und unverkrampft die perfekte Kinostimmung bieten. Als Mann hinter der Theke wollte ich ein Ambiente des Wohlgefühls und Besonderen verkörpern und ausstrahlen. Schon stand die erste Besuchergruppe vor mir. Alle redeten gleichzeitig in diesem Schweizer-Ureinwohnerslang, den ich nicht mit einkalkuliert hatte. Eine Friedhofsblonde mit Zwitscherstimme stellte eine Frage. Ich stand da und wusste nicht, was sie von mir wollte. Zur ersten Gruppe schloss die nächste Besucherwelle auf, es entstand ein beträchtlicher Rückstau. Der Flur war auch viel zu eng. Nachdem ich endlich verstand, was die Friedhofsblonde wollte, fand ich den gottverdammten Wysswy nicht. Es waren zig Schubladen, die mit dem Bier erreichte ich längst per Routinegriff. Aber wo war verdammich der Wysswy? Inzwischen hatte sie hochdeutsch gepaukt und wendete lachend ihre partiellen Kenntnisse an: „Einen Weißwein hätt i gern." Danke, aber das wusste ich inzwischen! Ich zog alle Schubladen auf, fand endlich *ganz unten* und *ganz hinten* die Weißweinflaschen und stellte eine auf die Theke. Aber wo war der Korkenzieher und wo die Weingläser? Das brummte, summte und schwatzte um die Theke herum, und ich hatte noch niemanden bedient. Endlich stand das gefüllte Glas auf der Theke. Aber ich hatte den Code nicht parat, der nötig war, um die Kasse zu öffnen. Natürlich hatte die

Wyssy-Lady das Geld nicht passend. Ich musste ihr auf einen Hundertfrankenschein herausgeben. Urs stürmte mit hochrotem Kopf aus dem Büro, schob mich unsanft zur Seite, was ich als eine dem Grundgedanken eines friedlichen Kulturbetriebs unangemessene Handlung empfand. Er bediente in einem Höllentempo. Ich durchschaute sein Geheimnis: Urs war eine als Mensch getarnte Krake, und nutze in dieser Notsituation die Kapazität seiner acht Arme voll aus. Dennoch dauerte es, bis der Rückstau abgearbeitet war. Ich nahm mein Bier in die Hand, bevor der absurd beschleunigte Urs auf die Idee kam, auch das noch an einen erwartungsvollen Kinogänger zu verscherbeln. Nachdem die Vorführung begonnen hatte und ich gerade dabei war, meine Stellung an der Theke zu verlassen, um mich langsam Richtung Kinosaal aufzumachen, fragte Urs, woran es denn gelegen habe.

„An der Bezeichnung, also was, wo und wie." Fast hätte ich noch weshalb gesagt.

„Das steit doch druffa[1]", entgegnete Urs und ich konstatierte erstaunt, dass er total verschwitzt war. Nun, er hatte sich auch ziemlich verausgabt. Ich wollte ihm schon ein Geschirrtuch reichen, verkniff mir aber die Geste. Indessen erriet ich mehr aus dem Zusammenhang, dass er meinte, dass die Getränkeschubladen doch den Inhalten entsprechend beschriftet seien. Das sah ich jetzt auch, aber irgendwie war mir dies in der Hektik entgangen. Urs musste erregt sein und war wohl deshalb in seinen Ureinwohner-Dialekt zurückgefallen. Die unfehlbare Esther kam im richtigen Moment mit der Eintrittskasse auf uns zu. Urs

---

[1] Das steht doch darauf.

wurde durch ihren Anblick abgelenkt, und nachdem sie gemeinsam die Kasse geprüft und für fehlerfrei befunden hatten, nahm Urs' Anspannung merklich ab. Er meinte versöhnlich, dass dies ja unser erster Kinoabend sei. „Das meine ich doch auch", sagte ich versöhnlich, zog die mir bestens bekannte Schublade auf, entließ ein weiteres Bier aus seinem kühlen Verlies, zog auch brav einen Strich, eigentlich hätte ich lieber mal einen weggelassen, weil ich überraschenderweise schon einige Zähler vor dem ersten Film auf meinem Konto hatte. Ich war nicht ganz sicher, wie das bei Urs ankam. Aber ich vertrug ja einiges, klarer Fall von constant improvement. Aber das konnte Urs noch nicht wissen. So schlurfte ich endgültig in Richtung Kinosaal, das Vorprogramm musste schließlich langsam durch sein. Den Film wollte ich sehen, dies war schließlich der eigentliche Beweggrund, warum man sich das Praktikum hier antat. Natürlich auch, weil es das Studium verlangte, ich ein paar theoretische Fächer versiebt hatte und somit vor dem Hauptstudium eine Ehrenrunde einlegen musste. Das mit der annehmbaren Bezahlung habe ich wohl schon erwähnt.

Esther war auf dem Weg zur Druckerei, um die Programmhefte abzuholen. Ich war mit Master Urs allein im Büro.

„Urs, ich habe gehört, dass dein Vater Deutscher ist und deine Mutter Schweizerin."

„Stimmt genau."

„Und wo bist du aufgewachsen?"

„Im Kanton Innerrhoden."

„Wieso Innerrhoden?"

„Weil der so heißt.“

„Gibt es auch einen Kanton, der Aussenhoden heißt?“

„Ausserrhoden.“

„Ihr Schweizer seid cool. Wie nennt man die Einwohner von Ausserrhoden?“

„Die Einwohner des Kantons werden Ausserrhoder genannt.“

„Sag mal, Urs.“

„Hmm?“

„Erzählst du mir noch mehr von deinem Land? Ich finde das wirklich interessant. Mir gefallen solche sprachlichen Besonderheiten sehr.“

„Fred, jetzt mach bitte zur Abwechslung mal deine Arbeit, statt wieder den ganzen Tag zu quatschen.“

„Natürlich, Chef, aber das muss man erst einmal verkraften. Urs, darf ich dich noch was fragen?“

„Ja.“

„War das kürzlich deine Frau?“

„Gut, dass du das ansprichst, ich wollte mich schon mit euch zusammensetzen, weil es doch etwas laut geworden ist im Büro und das sollte natürlich …“

„Kein Thema.“

„Vielleicht habt ihr, nachdem ihr das mitbekommen habt, eine Erklärung verdient. Graciella ist einfach enttäuscht vom Leben in Europa. Sie dachte, bevor sie hierherkam, es wäre das Paradies auf Erden.“

„Schwieriges Unterfangen, ein tropisches Edelgewächs in den Winter zu verpflanzen.“

„Ah, Fred ist nebenberuflich Eheberater!“

„Mit Problemen kenne ich mich jedenfalls aus. Und die Probleme anderer sind mir lieber als meine eigenen. Zudem war ich in der Theorie und im Quatschen schon immer gut."

Jetzt musste sogar Urs lachen. Ich glaube, es war das erste Mal, dass ich ihn lachen sah. Er erzählte sogar noch etwas mehr von seiner Ehe. Es herrschte hoher Druck im Kupferkessel! Urs schien ganz froh zu sein, etwas Dampf abzulassen. Old Freddy konnte man so etwas getrost anvertrauen. Ich bin ein absolut guter Zuhörer. Vor allem, wenn die Leute zur Abwechslung etwas zu sagen haben und dabei ausnahmsweise auch noch ehrlich mit sich und ihren Mitbürgern sind.

„Das Protokollieren des Sitzungsprotokolls könnte heute Fred übernehmen", leitete Urs die Sitzung ein.

„Klar", sagte ich und fragte mich, was das jetzt soll. Esther hatte das an den letzten zwei Sitzungen mit ihrem unerbittlichen Mädchenfleiß doch bravourös erledigt. Never change a winning team. Aber davon hatte Urs wohl noch nichts gehört. Habe ich schon erwähnt, dass ich seit frühester Schulzeit diese allzeit-aufmerksam-fleißigen Mädchen hasse? Allein deswegen, weil sie mit ihrem unsäglichen Eifer ständig die Messlatte für alle verdammt hochlegen, man sich krumm machen und buckeln muss wie ein Tier, um da mitzuhalten!

Die Vereinssitzungen jedenfalls waren total seltsam. Eine kunterbunte Ansammlung von Mitgliedern saß im Gesprächskreis. Sie hatten nichts Besseres zu tun, als ihren Senf zu diversen Kinothemen abzugeben. Es waren uralte Knitterknilche darunter, denen zuhause wohl die Decke auf den Kopf fiel und die, bevor sie ins Altersheim übersiedeln würden, sich nochmals irgendwo eine Runde nützlich fühlen wollten. Es war offensichtlich völlig gleichgültig, ob jemand mehr störte als nützlich war. Schließlich war hier jeder willkommen. Irgendwie krankte der Verein ständig an einem Mangel an aktiven Mitgliedern. Es waren die unterschiedlichsten Cineasten zugegen: Wandelnde Filmlexika, Film noir-Liebhaber, Horrorfilmfreaks, von Dokumentationen Besessene … Ein Mittfünfziger hatte entweder überall Lokalverbot, nirgends Anschluss gefunden oder kein Zuhause, denn er war irgendwie immer anwesend. Er war ein alternder Gigolo, den ich im Verdacht hatte, dass er nur wegen Frauen wie Esther hier war, und nicht wahrhaben wollte, dass seine besten Jahre längst vorbei waren. Andere wollten wohl ihren künstlerischen und sonstigen Handlungsbedarf ausleben, indem sie überall mitredeten. Ob sinnvoll oder nicht, war dabei völlig nebensächlich. Hauptsache, sie waren dabei und gaben sich der Illusion hin, dass sie am Glanz der Filmwelt teilhaben konnten. Das Schlimme daran war, dass bei diesen wöchentlichen Sitzungen Protokoll über jede Kleinigkeit geführt werden musste. Bisher hatte ich mich vor der peniblen Niederschrift erfolgreich gedrückt, indem ich vor den Sitzungen auf der Toilette verschwand und mich erst nach ausreichender Wartezeit wieder blicken ließ. Erleichtert hatte ich jeweils registriert, dass Esther bereits im Stenomodus war, woraufhin ich mich entspannt an die Getränkeschublade begeben hatte und ein Bier kielholte. Außerdem hatte ich kürzlich herausgefunden, wie man die Temperatur der Kühlschrankschubladen noch weiter herunter regeln konnte. Ich liebe eiskaltes Bier. Das kühlt im Voraus den am nächsten Tag zu erwartenden Kater. Soweit meine Theorie hierzu. Mein Feld in der Getränkeliste war leider längst mit Strichen überladen. Erfinderisch hatte ich von Esthers Kästchen die Hälfte durch zwei fette, unübersehbare Trennstriche abgezwackt und strichelte dort fleißig weiter. Diesmal aber setzte Urs mir gewaltig zu, indem er mir das Führen des Protokolls zuschanzte. Esther schaute mich bekümmert an, als ich deutlich verspätet von der Toilette zur Sitzung eilte. Ihr Mitgefühl war nicht einmal vorgetäuscht. Sie war keine von der üblen Kulturbitch-Sorte, aber mir schwante bereits Unheil. Dafür habe ich ein unheimlich gutes Gefühl, das ich im Lauf der Jahre nicht nur einfach so entwickelt, sondern mir knallhart antrainiert habe. Das Klemmbrett mit tintengeilem Papier lag nicht auf Esthers Schoß, sondern auf dem einzigen freien Stuhl, meinem Stuhl. Die Vereinsmeier quasselten bereits kreuz und quer durcheinander, natürlich bog ich dennoch zur Getränkeschublade ab und öffnete diese. Leider klirrte die Bierflaschenbatterie, woraufhin etliche Köpfe sich hoben. Urs hingegen schien in sich hinein zu lauschen, er saß ganz gekrümmt und sah niemanden an. Vorbereitend nahm ich einen langen Zug, überlegte vorsorglich, ein zweites Bier an den Platz mitzunehmen, die Sitzungen konnten sich nämlich ins Unendliche ausdehnen, aber bei einem prüfenden Blick auf Urs, beschloss ich, vorerst darauf zu verzichten. Außerdem wäre das Reservefläschlein nachher nicht mehr eiskalt. Zudem registrierte ich mit meinen höllisch empfindlichen Antennen, dass Esther mir durch das Hochziehen der Augenbrauen signalisierte, mich zu beeilen. Also nahm ich Platz, stellte das Bier zwischen den Stuhlfüßen ab, legte das Klemmbrett auf meinen Schoß, zählte die Anwesenden durch und fragte zur Sicherheit den Grauschopf nach seinem Namen. Der war zwar jedes Mal anwesend und redete mich mit Fred an, aber Namen zu memorieren gehörte nicht zu meinen Vorzugseigenschaften. Er brauchte aufgrund eines heftigen Schluckaufs, ihm war das Bier zu kalt, eine Zeitlang, bis er antworten konnte. „Ah, genau! Felix! Richtig! Wusste ich es doch."

Und dann ging das Endlos-Gefasel erst so richtig los. Es ging zunächst um das Open Air, das irgendwann im Jahr 2487 stattfinden würde und den dafür nötigen Technik-Check. Wer den übernehmen würde? Schweigen im Walde! Plötzliche Stille! Eine spirituelle Einkehrübung! Tiefempfundene Ruhe, bis Esther ihre Dienste anbot, aber nicht als Hauptverantwortliche, da sie noch nie bei einem Open Air mitgemacht hatte. Ich notierte OA und kritzelte dahinter ein E. Am Ende würde da wohl überall ein E stehen. Wie ich diese Messlattenhochlegerinnen hasse! Urs erwartete sicher, dass ich mich auch irgendwo engagieren würde. Das ließ sich ohne weiteren Verlust meines Ansehens wohl nicht vermeiden. Aber es musste irgendwas mit wenig Aufwand sein. Promotiontour mit dem Biersponsor. Das wäre genau mein Ding. Vielleicht könnte ich dadurch privat an einige Kästen kommen, nachdem ich Tuchfühlung mit den Jungs von der Brauerei aufgenommen hatte. Inzwischen ging es um einen Termin für die jährliche Sicherheitseinweisung, an dem alle Zeit haben sollten, was natürlich dazu führte, dass jeder lang und breit erklärte, warum er an diesem und jenem Termin nicht könne und jeder zweimal sein halbes Leben ausbreitete. Das war interessant wie Radiowerbung. Schließlich verfingen sie sich in einer umständlichen Diskussion über die Kooperation mit irgendeinem lokalen Schweizer Verein, dessen Namen ich

145

nicht verstand. Ich notierte: *?-Verein, Kooperation, Reto.* Und so ging es weiter und weiter. Endlos! Es war hoffnungslos und kein Lichtschimmer am Horizont.

Triviale Themen, die man im Handumdrehen hätte entscheiden können, wurden ergebnislos vertagt. Eine Lösung herbeiführen? Aber nicht doch. Das wäre viel zu einfach. Alles und nichts wurde zunächst einmal von sämtlichen Seiten beleuchtet und mindestens dreimal zu Tode diskutiert. Jeder wollte schließlich ein Wörtchen mitreden. Auf die zahllosen Anmerkungen in einer ersten Sondierungsrunde folgten natürlich zahllose Ergänzungen und Einwände, Kommentare und Anfechtungen und bisweilen ausgiebige und durchaus leidenschaftlich geführte Diskussionen. Kaum gab es Befürworter und eine Entscheidung schien greifbar, tauchten reflexartig Gegenstimmen auf. Aus allem und jedem wurden hochkomplexe Essenzen gewonnen, die in komplizierten Prozessen mehrfach destilliert wurden.

Da sich die Sitzung sogar im Empfinden der hartnäckigsten Dauerquassler ewig hinzog, gab es eine Raucherpause. Reto nutzte dies und redete hinter der Theke auf mich ein. Ob er hochdeutsch sprechen könne, fragte ich Reto, ohne groß darüber nachzudenken, was ich da von mir gab. Reto starrte mich kurz an, als ob er mich mit einem supermannähnlichen Hitzeblick in Flammen aufgehen lassen wolle und grinste im nächsten Moment wie der Freundlichste von allen, sah mich aber an, als wüsste er jetzt endgültig über mich Bescheid. Hatte ich von nun an einen Intimfeind – nur durch eine unschuldige Frage, weil

146

ich zweimal die Hälfte nicht verstand, wenn Reto mich auf Schwiizerdütsch zutextete?

Nach zwei Stunden erhitzten sie sich am Dauerbrenner Türklinken. Diese würden sich schwer betätigen lassen und es verursache ein Geräusch, wenn jemand während des Films zur Toilette müsse. Wenn es sonst nichts mehr zu besprechen gab, und man noch nicht genug hatte, dann wurde eines dieser unerschöpflichen, zeitlosen und immer gültigen Themen in die erwartungsvolle Gesprächsrunde hineingeworfen. Die Vereinsmitglieder mutierten zu gierigen Raubtieren und bissen blutrünstig zu, wodurch beim x-ten Hopfen-Smoothie die behagliche Sitzung in Sachen Effizienz in einen infinitesimalen Zustand expediert wurde. Auf ewig konnte man nun auf den ausgeleierten Sesseln und Sofas sitzen bleiben und weiterreden. Wahrlich! Es war vollbracht! Die Unendlichkeit wurde in solchen Momenten spürbar. Nie war man ihr näher. Längst war nichts mehr aufzuschreiben, jeder hatte seine Meinung wie ein überschüssiges Extrakt abgesondert, seine nach Entleerung drängenden Giftdrüsen restlos ausgequetscht. Entspannt plauderten sie miteinander. Also stand ich auf, drängelte mich zwischen Esther und Reto durch und traf ein extrakühles Bier an, das meinen Namen trug. „Sonst noch jemand?", fragte ich, aber keiner reagierte. Urs saß irgendwie noch zusammengeballter da. Der hatte mich den ganzen Abend lang nicht angeschaut.

Es gibt eine Theorie, die besagt, dass man unter Alkoholeinfluss fremde Sprachen besser versteht. Jetzt mögen Schwiizerdütsch, Schwäbisch oder Bayrisch nicht als fremde Sprachen gelten, aber ich verstand je nach Ausprägung des jeweiligen Dialekts phasenweise einfach viel zu wenig. Ich hatte wirklich versucht mitzuschreiben und sie gaben sich meist auch große Mühe, deutlich zu sprechen, da sie immer wieder Praktikanten aus Deutschland in ihrem grenznahen Kino beschäftigten, aber wenn sie sich in einer heftigen Diskussion verfingen, vergaßen sie diese guten Vorsätze und redeten, wie ihnen der Schnabel gewachsen war.

Am nächsten Tag kommentierte und überarbeitete ich mein zugegeben rudimentäres Transkript. Drei Fragezeichen bedeuten, dass ich etwas nicht verstanden hatte.

Reto: „Ring! Einfach Ring!" (Herr der Ringe? Wagners Ring?)

Hillu: „Wie 'n Uhrwerkli!" (Läuft wie ein Uhrwerk.)

Urs: „In eme gewissa Berich sin mer a do sehr erfolgrich." (In einem gewissen Bereich sind wir sehr erfolgreich.) Aber in welchem?

Hillu: „Äba." (Eben. Genau.)

Reto: „???"

Hillu: „Es isch äbe da so öppis gsi, wo me nid gärn dra dänkt het." (An etwas – aber was ??? – haben wir nicht gedacht.)

Urs: „Gloubes nid!" (Glaube ich nicht! – oder etwa – Glaubt das bloß nicht!)

Reto: „My Vorschlag wär, das mer's bim ???" (Mein Vorschlag wäre, dass wir es beim ???)

Urs: „Hinere, füre ???" (nach hinten, nach vorne ???)

Reto: „??? öpe fasch gar nid." (??? fast gar nicht.)

148

Wie man sieht, habe ich mir Mühe gegeben. Und auch einiges verstanden. Aber das ist wie immer bei einer Sprache oder in diesem Fall bei einem Dialekt, den man nur teilweise versteht: Man erkennt einige Wörter, hat aber auch einige Lücken. Sobald man den Faden verloren hat, wird es höllisch schwer, dem eigentlichen Inhalt des Gesprächs zu folgen. Was sollte ich mit meinem Lückentext anfangen? Sollte ich damit zu Urs gehen und von ihm das Protokoll vervollständigen lassen?

Am Tag nach der endlosen Wochensitzung musste ich mich irgendwie wieder aufrichten. Da sonst niemand zur Verfügung stand, textete ich Esther zu: „Alles so schön basisdemokratisch."

„Ja. Das ist wirklich interessant, wie die Meinungsbildung auf diese Weise funktioniert."

„Funktioniert? Von wegen funktioniert! Das sind nichts als endlose Urschleimdiskussionen!"

„Na ja, aber schau mal, was sie auf diese Weise geschaffen haben. Ein wunderschönes Kino mit einem großartigen Programm. Und ohne ihr Engagement könnten wir nicht hier sein."

„Geschaffen ist gut! Die haben alle zu viel Zeit und nehmen sich unendlich wichtig."

„Tja, das ist Fred natürlich zu umständlich. Fred, der Macher, will alles im Handumdrehen durchziehen und nebenbei ein paar Bier trinken. Womit habe ich das verdient? Warum habe ich keinen fleißigen, intelligenten und gut aussehenden Praktikanten an meiner Seite?"

„Wow, du kannst ja richtig austeilen. Aber wir schmeißen den Laden doch inzwischen ganz gut. Aber wie Urs die Geduld aufbringt, ist mir schleierhaft. Mit ihren Beschlüssen und Forderungen ans Büro setzen sie ihn doch total unter Druck."

„Na ja, Urs macht das ja auch nicht zum Spaß. Er ist Geschäftsführer und wird vom Verein bezahlt."

„Also, lieber einen despotischen Abteilungsleiter in einem supererfolgreichen, südkoreanischen, stresshormongesättigten Ausbeuterkonzern als diese Vereinsriege als Direktorium."

„Abgesehen davon ist Urs als Familienvater bestimmt auf sein Gehalt angewiesen."

„Ja, der arme Kerl sitzt voll in der Falle."

„Oder er ist glücklich verheiratet."

„Ja, sein Eheglück äußert sich in den allerhöchsten Tönen. War ja kürzlich nicht zu überhören."

„Fred, das Protokoll von der letzten Sitzung muss heute noch raus!"

„Alles klar, Chef."

Was für eine Nervensäge! Als ob ich das nicht selbst wüsste! Aber wo waren meine Notizen abgeblieben? Sie waren auf diesem durchsichtigen Klemmbrett. Sollte ich im Büro danach suchen? Keine gute Idee. Urs hätte das sofort durchschaut. Also wartete ich, bis unser Herr und Gebieter endlich das Büro verließ, weil er schon wieder einen Höllenstress mit seiner Gattin hatte. Wir hatten es mitbekommen, weil sein Telefon im Minutenrhythmus klingelte. Sie kommandierte ihn sowieso ständig zu irgendwelchen Aufgaben ab. Heute musste er früher los, sich um die Heulboje kümmern. Sie hatte ihn in der Hand, denn Urs war keiner, der Frau und Kind einfach sitzen ließ, sosehr ihm seine Gemahlin auch das Leben zu vermiesen verstand. Sowieso mutmaßte ich, dass sie den perfekten Urs als absoluten Langweiler empfand. Manche Frauen bewerten die Schweizer Überkorrektheit als Schwäche. Das sind keine richtigen Männer, die alles so peinlich ordentlich machen. Woher old Freddy das alles weiß, mag sich der geneigte Leser fragen. Dies steht alles in den entsprechenden Internetforen, zudem habe ich vertiefende Forschungen betrieben, weil ich auch längere Zeit an einer Südamerikanerin dran war. Es kam jedoch nie zu einer Anwendung meines geballten Wissens, weil sie mich irgendwann, aus mir immer noch unerfindlichen Gründen, wie eine heiße Kartoffel fallen ließ. Eine ernsthafte Beziehung wäre auf die Dauer wahrscheinlich sowieso voll die Stressnummer gewesen, so wie sie der engelsgleiche Urs die nächsten zwanzig Jahre durchziehen darf, bis die Heulboje erwachsen sein wird und er sich mit mittelschweren Unterhaltskosten freikaufen kann. Auf so etwas steht good old Freddy ganz und gar nicht.

Urs war endlich losgetrabt, um ihren Erzengel aus der Kinderkrippe abzuholen, weil seine Graciella über das Wochenende Besuch hatte und sie sich zur Begrüßung sicherlich ein paar Caipirinhas gönnten. Vielleicht sollte Urs mittrinken, statt die Spülmaschine auszuräumen, die Spüle trocken zu tupfen und derselben eine abschließende Hochglanzpolitur zu verpassen. Vielleicht musste sich Urs einfach auch mal gehen lassen. Solch einen unangenehm perfekt-anständigen Ehemann hält auf Dauer die geduldigste Frau nicht aus.

Urs stiefelte ins Büro hinein und ich sah ihm gleich an, dass er schlecht drauf war. Das Wochenende war wohl Familienhölle in Reinkultur gewesen. Er hatte etwas mit mir vor, das erkannte ich daran, wie er mich kurz prüfend betrachtete, als er zur Tür hereinkam. Aber er platzte nicht gleich damit heraus. Das war nicht seine Art. So konnte ich mir meinen dritten Kaffee herauslassen. Ich bekam die Augen trotzdem nicht richtig auf, da wir bis um vier Uhr früh gedaddelt und dazu Jägermeister getrunken hatten. Ehrlich gesagt, war ich nicht nur praktisch fertig, ich war restlos erledigt. Und weil ich, wenn ich mich hingelegt hätte, nicht mehr rausgekommen wäre, war ich um fünf Uhr früh euphorisch ins Büro gelatscht. Die ersten zwei Stunden ging es ganz gut, aber so langsam wurde es gefährlich. Es kostete immer mehr Kraft, die Augen beim Blinzeln wieder zu öffnen, und die Sehnsucht, mich im Bürostuhl zurückzulehnen, nahm exponentiell zu.

Urs ließ sich ein paar Minuten Zeit, so dass es nicht so aussah, als hätte er schon die ganze Zeit daran gedacht, wie er mich fertigmachen könne, sondern es sollte den Anschein haben, als fiele ihm das jetzt gerade erst so nebenbei ein.

„Ah, Freddy, hast du eigentlich das Protokoll verschickt? Ich habe noch keine Mail gesehen!"

„Nein, Chef, mache ich gleich. Sorry, ich sorge nur noch für ein wenig Ordnung."

Ich war manövrierunfähig, denn meine Batterien waren wirklich absolut entladen. Erst einmal brachte ich das Altglas raus. Etwas Bewegung an der frischen Luft würde vielleicht guttun. Aber mir fiel immer noch nichts ein. Also knöpfte ich mir das Altpapier vor. Das lagerte hier schon viel zu lange in rauen Mengen. Ich kippte alles vor dem Altpapiercontainer auf den Boden und durchwühlte den Haufen dreimal – aber meilenweit kein Protokoll. Jetzt war ich so richtig bedient! Zudem war es hier draußen eiskalt. Ich verwarf die Idee, aus den prall gefüllten Gelben Säcken hinter einer immergrünen Hecke ein Iglu zu bauen und einen auf Robert Falcon Scott zu machen. Also begab ich mich auf den Rückweg. Glücklich am Zielort angelangt, begann ich erst einmal, das Büro auszufegen.

„Freddy, bitte, lass das doch, das kannst du später noch machen. Und schick das Protokoll jetzt gleich raus. Sonst gibt es wieder unnötige Diskussionen mit unseren Freiwilligen. Hillu hat schon zwei Mails wegen des fehlenden Protokolls geschickt."

Eine Viertelstunde später klagte Urs: „Mensch Fred. Jetzt sind noch zwei Mails gekommen, die das fehlende Protokoll betreffen."

„Lass mich raten. Nochmals Hillu – und wer noch?"

„Hillu und Reto. Das Protokoll hätte schon letzte Woche raus müssen."

An der Kaffeemaschine und somit außerhalb von Urs' Hör- und Sehweite musste ich meinen Kummer bei der gerade eintrudelnden Esther abladen. Mann, war ich am Ende! „Die Filmverrückten gehen mir so auf den Keks! Wo ist das Protokoll? Wo ist es? Wo ist es bloß? Die sitzen zuhause vor ihren Rechnern, denen ist stinklangweilig, die zählen die Sekunden und warten, bis endlich eine Mail ankommt. Nur weil sie nichts Besseres zu tun haben, müssen sie mir auf die Nerven gehen!"

„Die Filmverrückten, wie du sie nennst, kümmern sich und lieben ihr Kino. Ohne sie gäbe es diesen Ort nicht. Und es ist ein wunderbarer Ort."

„Na ja, sooo toll ist er auch wieder nicht."

„Insgesamt scheinst du dich hier doch ganz wohlzufühlen. Obwohl du heute nicht gut aussiehst."

„Na ja. Ich bin heute wirklich todkrank, aber Urs sieht noch fertiger aus."

„Ja, er sieht wirklich schlecht aus. Was hat er denn?"

„Seine Frau hatte Besuch über das Wochenende. Und zu viel Action ist für unseren kulturell überzüchteten Urs nichts. Alles was über zwei Ohrensessel für Mann und Frau, die dicke Wälzer der Weltliteratur in den Händen halten, sowie wohltemperierte Musik hinausgeht, ist für unseren hochsensiblen Urs zu viel."

„Woher weißt du das alles?"

„Ich habe einen Blick dafür. Zudem rede ich mit den Menschen. Die Mädels haben sicherlich das Wochenende durchgefeiert. In den Anfangszeiten seiner Ehe hatte Urs noch mitgemacht und den Barkeeper gespielt, eine Runde Caipis nach der anderen gemixt und kam gar nie dazu, selbst einen zu trinken. Aber irgendwann, von einem Tag auf den anderen, meinte er, hätte sich Ernüchterung eingestellt. Irgendwie war es seit dieser Zeit nicht mehr lustig und toll, sondern es nervte, ständig Leute in der Wohnung zu haben, die ausgelassen tanzten und Spaß hatten."

„Einen Urs, der feiert, kann ich mir irgendwie auch nicht vorstellen."

„Das passt doch überhaupt nicht zu ihm. Er bräuchte eine kreuzbrave, verhuschte, halstuchtragende Kulturfrau", erklärte ich und schwenkte auf ein dringlicheres Thema um:

„Esther, weißt du, ob es irgendwo ein freies Zimmer gibt? Ich muss demnächst aus meiner WG ausziehen."

„Nein, aber wenn ich etwas höre, sage ich es dir, Freddy."

„Ich habe das Zimmer nur begrenzt, weil die vorherige Bewohnerin aus dem Auslandssemester zurückkommt." Das schob ich zur Sicherheit hinterher, denn gerade, wenn die Sachlage etwas eingetrübt ist, ist es besser, vorsorglich eine plausible Begründung zu verabreichen.

Als wir ins Büro kamen, wurde eine Sache schlagartig klar: Urs stand kurz vor der Eruption! Er sah mich abgrundtief kritisch an, also beschloss ich als dringliche Sofortmaßnahme, ihm den Wind vorsorglich aus den Segeln zu nehmen: „Keine Sorge, Chef, treuer Freddy machen gute Arbeit. Toujours efficace au boulot.[2]"

Urs ließ sich dazu herab, ein klein wenig seiner aufgestauten Wut herauszulassen: „Bitte Fred, tu mir einen Gefallen: Nenn mich einfach Urs und schick das verdammte Protokoll raus, ok?"

„Das war doch nur eine Szene aus 'nem Film mit Paul Newman, als er vorgibt, klein beizugeben, bevor er erneut flieht. Er macht voll einen auf willfährigen Sklaven und trägt seinen Wärtern alles hinterher."

Urs tat sein aggressiver Tonfall wohl schon wieder etwas leid, denn er schwenkte auf das vorgegebene Thema ein: „Ja, stimmt, kenne ich, aber wie heißt der Streifen noch mal?"

---

[2] Immer wirksam bei der Arbeit.

„Der deutsche Titel war *Der Unbeugsame* und im Original hieß der Streifen *Cool Hand Luke*."

„Den Film kenne ich natürlich, aber ich wäre nie darauf gekommen, dass du Luke spielst."

Nach einigem Suchen fand ich endlich das verfluchte Klemmbrett. Aber es war leer. Also hatte ich den Zettel doch abgenommen. Aber wo war er? Ich trug doch immer dieselbe Jacke und gewaschen hatte ich die seit Lichtjahren nicht mehr. Also mussten meine Notizen noch irgendwo sein. Simultan erinnerte ich mich an den Spruch meiner Mutter: „Das Haus verliert nix." Ihr Slogan hatte mich bereits damals in den ungünstigsten Momenten in den blanken Wahnsinn getrieben, war mir aber jetzt genau wie ehemals irgendwie auch kein Trost. Esther sah mich bereits mit einem gewissen Interesse an, als wäre sie eine Forscherin und ich eine seltene Mutation in Form einer aufschlussreichen Praktikantenabart. Ihr wäre so etwas wohl nie passiert. Urs zwang sich zur Geduld, er wollte mich als ein Mitglied seines Teams wohl nicht noch nervöser machen, sah, dass ich mir ausnahmsweise Mühe gab, begann den Satz mit Engelszungen und steigerte sich dann doch in eine gewisse Erregung hinein: „Fred, lass bitte jetzt alles stehen und liegen und setz dich an den Rechner und hau das *verdammte* Protokoll endlich raus! Ich habe wirklich keine Lust, mich am Dienstag ewig und drei Tage zu rechtfertigen."

„Klar, mach ich doch, mach ich sofort."

Ich begab mich an den Rechner, öffnete ein leeres Word-Dokument. Es blieb nur die Vorgehensweise à la tabula rasa übrig. Ich zermarterte mir mein in Jägermeister eingelegtes Hirn, um mich zu erinnern, über was die gere-

156

det hatten, wer dabei gewesen war, als ich im rechten unteren Bildschirmeckchen eine Message von Esther entdeckte.

Woran fehlt es denn?

Ich habe das Protokoll nicht mehr.

Schon gemerkt.

Ich schreibe jetzt ein neues.

Viel Glück.

Weißt du noch, wer anwesend war?

Reto, Hillu, Felix und Sandro.

So weit, so gut. Und was wurde besprochen?

Open Air, Türgriffe, Termin für die Sicherheitseinweisung, Preiserhöhung der alkoholischen Getränke für Mitglieder.

Ah, ok. Danke. Ich tippe mal was zusammen, würdest du vielleicht kurz drüberlesen?

Klar.

Ich tippte so leise wie möglich, aber Urs registrierte das natürlich, denn er war sowieso den ganzen Morgen auf hundertachtzig. Wahrscheinlich hatten Graciella und ihre Freundinnen durchgezecht, durchgetanzt und durchgeflirtet, während er mit dem Erzengel Kinderfilme angeschaut hatte.

„Fred, du tippst aber nicht etwa *jetzt* erst das Sitzungsprotokoll?"

„Nein, ich korrigiere nur noch etwas. Bin gerade rein stilistisch unterwegs. Soll ja nicht so im flachen Protokollkauderwelsch verfasst sein. Telegrammstil und so ist nicht mein Ding."

Ich erwartete, dass Urs im nächsten Moment seinen Röhrenmonitor auf mich werfen würde. Er hatte tatsächlich noch so ein raumverschlingendes Ungetüm auf dem

Tisch stehen. Das Ding nahm immens viel Platz weg, aber die lieben Freiwilligen hatten ihm keinen Flachbildschirm zugestanden. Originalton der Dienstagssitzung: *Weil es der alte ja noch tue.* Urs hatte es nicht einfach und war jetzt auch noch mit mir gestraft.

Mein Protokoll bestand aus knapp dreißig Wörtern. Ich mailte es Esther, die zwei Meter von mir entfernt saß, mit der Bitte, es noch etwas aufzuhübschen.

Im nächsten Moment fing sie an zu lachen und fiel dabei fast vom Stuhl.

Urs freute sich, an Esther hatte er sowieso einen Narren gefressen. Urs kapierte wohl langsam, dass er einen elementaren Fehler begangen hatte. Statt einer temperamentvollen, lebenshungrigen und jüngeren Frau hätte er sich lieber eine unauffällige, aber dafür friedliche Kulturfrau wie Esther ins Leben geholt. Sie war zu jung für ihn, aber er hätte sich eine zehn Jahre ältere Esther-Ausgabe zulegen können. Der Zug war jedoch längst abgefahren. Das musst du erst einmal verdauen. Die unglücklich Verheirateten schleppen gigantische Mühlsteine mit sich herum. Was das tagein, tagaus bedeutet, können sich die sorglosen Singles nicht im Entferntesten vorstellen.

„Was gibt es denn zu lachen?", fragte Urs mit geweiteten, sehnsüchtig-teilnahmsvollen Augen.

„Ich habe eine sehr lustige Mail bekommen."

„Oh, darf ich mitlachen?"

„Ich befürchte, der Absender wäre momentan nicht einverstanden."

Mir brach der Schweiß aus und ich schielte zur Stahlschublade, die voll kühler Bierflaschen war und sah vor meinem geistigen Auge die achtzig Bierflaschen, an denen die Wasserperlen abtropften und konnte mir den ersten Schluck deutlich ausmalen. Aber noch musste ich es im stickigen Büro aushalten. Es dauerte keine zehn Minuten und ich bekam ein wunderbares Protokoll mit Fuß- und Kopfzeile und ausführlichen Texten hinter meinen rudimentären Schlagwörtern. *Du hast was gut.*

Ich werde dich daran erinnern. Du hättest es auch einfacher haben können. Nächstes Mal gleich nach der Sitzung das Protokoll tippen.

Der direkte Weg ist noch nie mein Ding gewesen.

Ich schickte die Mail in die Welt hinaus, begab mich zur Schublade aller Schubladen und befreite ein kühles Getränk. Es war kurz vor Mittag, aber das hatte ich mir jetzt verdient und ein Bier würde meinem im kritischen Katerzustand befindlichen Hirn sicherlich Auftrieb verschaffen.

Urs bog aus dem Büro wie ein Rennwagen, der aus der Kurve mit Maximalschub in die Gerade beschleunigt, sah, wie ich den Öffner ansetzte, und meinte: „Fred, können wir eine Vereinbarung treffen?"

„Klar, Chef."

„Zwei Vereinbarungen."

„Ok, Chef."

„Erstens: Nenn mich nicht Chef, sondern Urs."

„Ok, Chef."

Urs sah mich stirnrunzelnd an, aber nach einer kleinen Ewigkeit akzeptierte er meinen Humor und lächelte schief. Nahm ich jedenfalls an. Alles andere wäre allzu grausam gewesen.

„Und zweitens: Kein Bier vor vier."

„Oh, Boss. Das ist hart. Vielleicht einen Ausnahmejoker pro Woche."

„Keinen Ausnahmejoker."

Nach der nächsten Dienstagssitzung, Esther hatte zur Abwechslung das Protokoll geführt, belauschte ich zu allem Überfluss ein Gespräch zwischen Urs und der unvergleichlich nervigen Hillu. Das Gespräch verlief ungefähr ziemlich genau wie folgt …

Hillu: „Ich glaube langsam, dass Fred wirklich vom Jupiter ist. Der ist doch total verpeilt!"

Urs: „Was hat er denn gemacht?"

Hillu: „Ich habe ihm schon mehrmals erklärt, dass er die Weingläser am Stil anfassen soll. Er hat vorhin die Spülmaschine ausgeräumt und das Resultat: Die Weingläser haben jetzt alle Fingerabdrücke! Das sieht man doch, und ich glaube nicht, dass unsere Gäste Freds Fingerabdrücke auf dem Glas sehen wollen."

Ich beschloss, Hillu aufrichtig zu hassen und mich bei nächster Gelegenheit zu revanchieren. Da würde mir sicher etwas einfallen. In dieser Hinsicht war ich immer äußerst kreativ. Darauf konnte ich mich verlassen. Meine Gedanken kreisten von nun an unablässig darum, statt um die profan-langweilige Arbeit. So eine kleine Privatfehde war äußerst nützlich, um die Arbeitseinöde spannender zu gestalten. Hillu war Deutsche. Die Schweizer verhielten sich insgesamt dezenter. Sie hängen nicht alles an die große Glocke. Wobei Hillu seit dreißig Jahren in der Schweiz lebte, hier geheiratet hatte und perfekt Schwiizerdütsch sprach. Das musste man ihr lassen. Aber ich würde mich revanchieren! Und wenn es das Letzte war, was ich hier tat!

Hillu wollte unbedingt auch einmal den Projektor bedienen. Das war ihre Premiere als Vorführerin. Darauf hatte sie sich innerlich jahrelang vorbereitet, weil sie im Grunde ihres Wesens mit jeglicher Technik auf Kriegsfuß stand. Damit hatte ich sie am Wickel. Im Handumdrehen hatte ich in die Playlist einen Fehler eingebaut. Nach dem Vorprogramm würde die Leinwand schwarz bleiben. Sollte Hillu im Vorführraum schwitzen, in Schockstarre verfallen und nicht weiterwissen. Zudem hatte ich eine fehlerlose Playlist vorbereitet und würde die manipulierte umgehend löschen. Somit würde man die schwarze Leinwand Hillu in die Schuhe schieben. Zudem nannte sie sich Hillu, wie die Ex-Frau vom Uraltkanzler Schröder. Das Einzige, was sie mit der echten Hillu gemeinsam hatte, war, dass sie geschieden war. Ich hatte sie im Verdacht, dass sie sich auch noch etwas darauf einbildete, sich Hillu zu nennen. Wahrscheinlich war Hillu die Abkürzung eines so furchtbaren Namens wie Hildegard und ihre Eltern Fans deutscher Heldensagen, ansonsten fehlten ja nur noch Siegfried und Hagen, wobei ich mir nicht sicher war, ob der Name Hildegard in den dämlichen Heldensagen überhaupt vorkommt. Das muss ich demnächst dringend nachschlagen. Einerlei, in Wahrheit hätten genau die edlen Recken von vorvorgestern mit ihrem eindimensionalen Weltbild zu ihr gepasst. Aber das wollte sie nicht einsehen, sondern umgab sich mit einem zusammenphantasierten Hauch Politikglamour. Sie erwähnte auch manchmal, wenn sie wieder völlig ego-abgespact war, dass sie die Hillu, also die Schröder-Ex, richtig toll fände. Wenn der Gerhard nur bei ihr geblieben wäre, dann wäre manches, gerade auch für ihn, besser gelaufen. Wo nahm sie nur diese abstrusen Theorien her?

Ich dachte sehr lange darüber nach, fand aber keine befriedigende Antwort.

Tags darauf wiederholte Hillu zum zweiundzwanzigsten Mal die Sache mit dem schwarzen Bildschirm. „Uf zmol – Nix mä!³" Sie war völlig aufgelöst.

„Wer hat denn die Playlist erstellt?", fragte Urs und sah Esther und mich an. Im Grunde tat er nur so, als sähe er auch Esther an. Das war ein offensichtlicher Tatbestand: Klarer Fall von Vorverurteilung ohne Beweise. Mit seinem vorgetäuschten Gerechtigkeitssinn machte er doch nur sich und anderen etwas vor. Seine edle Gesinnung war ihm allzu wichtig. In Wahrheit sah er ausschließlich mich an – mit der penetranten, dauerpräsenten Wachsamkeit eines aggressiven Wachhundes. „Ich", sagte ich und hob die Hand zum Schwur. Das konnte ich beruhigt tun. Die fehlerhafte Playlist hatte ich sofort gelöscht und durch die tadellos funktionierende ersetzt. Mir konnte keiner etwas nachweisen. Vielleicht, wenn jemand intensiv nachforschte und das nötige Wissen hatte, konnte derjenige eventuell etwas finden. Vorsorglich hatte ich alle Protokolle gelöscht und den digitalen Papierkorb geleert, und zur Sicherheit gleich zweimal hintereinander den Rechner hoch- und runtergefahren. Da dürfte nichts mehr zu finden sein, höchstens in irgendwelchen kryptisch verschlüsselten Registry-Files, aber so clever war Urs nicht, diese zu entschlüsseln.

---

³ Auf einmal. Nichts mehr.

Urs musterte mich misstrauisch: „Ich schau mir das nachher mal an, nicht dass wir bei der nächsten Vorstellung nochmals das Gleiche erleben."

„Uf zmol", japste Hillu. Sie war noch immer völlig entsetzt und berichtete abermals ausführlich, wie sie in den stockdunklen Kinosaal getapst sei und den im Finstern sitzenden Kinogästen vorgestammelt hatte, dass es ein technisches Problem gäbe. Sie hatten sich daraufhin alle aus dem dunklen Saal getastet. Hillu war wie ein geprügelter Hund hinterhergedackelt und hatte die Kinobesucher um ein paar Minuten Geduld angefleht. Tränenerstickt hatte sie gefiept, dass es hoffentlich gleich losginge.

„Autsch! Im Dunkeln aus dem Saal. Wenn da jemand gestolpert wäre", warf ich ein und mimte den Erschrockenen.

Esther sah mich seltsam an, geradezu misstrauisch. Ihr gegenüber hatte ich wohl fallenlassen, dass ich Hillu nicht ausstehen konnte.

„Uf zmol", stammelte Hillu.

„Du musst beim nächsten Mal auf jeden Fall das Licht anmachen", kam Urs nicht umhin, anzumerken. „Wir gehen das nachher nochmals alles in Ruhe durch, Hillu."

Sniff. „Wenn Freddy …," Sniff-sniff, „nid do gsi wär[4]", Sniff-sniff. Gleich würde sie wieder in Tränen ausbrechen, wie nach der Vorstellung – da war sie richtiggehend zusammengesackt und in einen Lautloses-Weinen-Zustand implodiert. Es war so schlimm, dass ich annahm, man würde Hillu jahrelang nicht mehr sehen, weil sie das ganze

---

[4] Nicht da gewesen wäre

Drama erst einmal aufarbeiten müsse, sich umgehend einer umfangreichen Psychotherapie unterziehen würde und diese Nichtigkeit, dass der Film fünf Minuten später losging, als eines der größten Negativ-Erlebnisse ihrer Biografie ansah. Heiliges Kanonenrohr, mir passierte so etwas jeden Tag! Und was machte es mir aus? Nada! Nun gut, irgendwie kratzte hin und wieder auch etwas an meinem Ego, aber meistens war der aktuelle Fehlschlag nach einer Stunde vergessen, denn da gab es so viel anderes, das mich beschäftigte. Tausend unerledigte Aufgaben warteten darauf, dass ich ihnen auf elegante Weise aus dem Weg ging, ohne dass es jemand bemerkte. Jede Menge Schwierigkeiten hatten sich darauf geeinigt, mich dauerhaft zu belagern.

„Ach, das hätte doch jeder getan", sagte ich bescheiden und bewahrte vielleicht gerade dadurch Hillu vor enormen Kosten für einen Psychoanalytiker. Sie strahlte mich mit ihren tränenfeuchten Augen so dankbar an, dass ich fast ein schlechtes Gewissen bekam. Aber natürlich nur fast, denn insgesamt überwog mein Helfer-zur-rechten-Zeit-Gefühl. Hatte denn keiner einen verdammten Lorbeerkranz parat? Urs! Mann! Dir fehlt einfach die Phantasie und das Quäntchen Übermut. Geh mal aus dir heraus, mache etwas Überraschendes und feiere deinen Helden-Mitarbeiter des Jahrzehnts! Aber darauf konnte ich wohl lange warten.

Nach meiner Rettungsaktion hinsichtlich Hillus verpatzter Vorführung lud Urs Esther und mich tatsächlich zum Pizzaessen ein, wobei er einen Rabatt-Gutschein aus der Beilage der Wochenzeitung, übrigens ein Abo des Vereins, ausgeschnitten hatte. Zwei Pizzen zum Preis von drei. Um die Stimmung nicht gleich wieder zu verderben, verkniff ich es mir, Urs zu fragen, ob das denn nicht ein klarer Fall von geldwertem Vorteil sei. Gab es das in der Schweiz überhaupt? Die Schweiz war sowieso viel schlanker und effizienter organisiert als das mit Paragrafen überladene Deutschland. Als wir die Pizzen vertilgt hatten, unsere Gläser leer waren und von uns dreien nur ich einen Espresso und einen Grappa vor mir stehen hatte, öffnete Urs seinen Geldbeutel und im nächsten Moment wurde sein Gesicht samt Stirnglatze knallrot.

„Vergessen aufzutanken, Chef! Macht nichts, die geben uns sicher Kredit."

„Das ist mir jetzt peinlich."

Bei mir war gerade auch ziemlich Ebbe in der Kasse, aber Esther konnte aushelfen. Urs versicherte ihr vierundvierzigmal, dass er ihr das Geld am nächsten Tag natürlich gleich zurückzahlen würde. Ansonsten war es in der Pizzeria mit uns dreien erstaunlich nett gewesen. Richtig harmonisch irgendwie, tolles Team und so. Ich hatte mich total heimisch gefühlt, hätte ewig mit Esther und Urs dasitzen wollen, noch einen Espresso und einen Grappa bestellen können, während uns der heiße Brodem des Pizzaofens die Hirne ausdörrte und wir, mehr als satt, sanft in ein wohliges Phlegma gewiegt wurden.

Reto kam auf Stippvisite ins Büro, um ein Bündel Flyer und Programmhefte zur Verteilung in der Stadt mitzunehmen, spitzte bereits beim Näherkommen die Ohren und fragte mich: „Wer schreit denn so herum?"

„Was denkst du, warum ich aus dem Büro geflüchtet bin?"

„Ganz schön dicke Luft da drin."

„Sie ist ziemlich temperamentvoll."

Reto zog es vor, sich klammheimlich zu verziehen. Die Programmhefte waren sowieso noch nicht da, die hätte ich heute Vormittag zwar abholen sollen, aber ich wollte mich mit Restalkohol nicht ans Steuer setzen. Das wäre nicht verantwortungsbewusst gewesen, und zudem brauchte ich den Lappen noch.

Eine geschlagene Stunde später war wieder Ruhe eingekehrt. Wir saßen zu dritt im Büro, alles ging seinen sozialistischen Gang und ich bemerkte, wie Urs wieder einmal verträumt Esther beäugte. Irgendwie verstärkte das meinen Verdacht, dass Urs liebend gerne eine Frau wie Esther an seiner Seite gehabt hätte, die so viel besser zu ihm passen würde. Das hatte er sich damals nicht richtig überlegt. Er hatte sich wohl Hals über Kopf verrannt und eifrig geheiratet, ohne zu wissen, was er tat.

Esther holte schließlich die Programmhefte ab, während ich den Nachmittag frei nahm, um auszuschlafen. Ich hätte den Tag sonst nicht überstanden und trug mich stattdessen für die Abendvorstellung ein.

Urs verließ das Büro und betrachtete mich mit einer rätselhaften Miene, während ich an der Theke stand und Getränke und Snacks verkaufte. Als gerade niemand in der Nähe war, kam er rasch zu mir und zischte: „Wie kannst du den Besuchern einen schönen Film wünschen?"

„Wieso nicht?", fragte ich arglos.

„Weil es ein ziemlich düsteres Drama ist! Der Film ist schwere Kost. Dein *Viel Spaß* ist hier wirklich völlig unangebracht. Du solltest dich etwas mehr mit unserem Filmprogramm beschäftigen. Es gibt noch mehr als deine Splatterfilme, die du unbedingt in unserem Programm unterbringen willst."

„Was mir leider noch nicht gelungen ist. *Noch* nicht. Aber du wirst schon sehen."

Bei Hillu hatte ich, seitdem ich ihre Filmvorführung gerettet hatte, einen Stein im Brett. Deshalb bestand sie darauf, dass ich ihren Film, der erstaunlicherweise bei der Abstimmung für das Open Air aufgenommen worden war, ansagen sollte.

„Winnetou erinnert mich so an mini Jugendzit."

Wenn sie an diesem Punkt wenigstens aufgehört hätte, aber Hillu kannte da nichts. Sie entblößte sich komplett und fand es wohl total schick, ihr allerpeinlichstes Gedankengut von innen nach außen zu kehren: „Ond i wär so gärn di Nscho-tschi gsi.[5]" Sie stieß dazu dieses höllische Altjungferlachen aus, welches mir die Haare zu Berge stehen ließ. Langsam schwante mir Böses. Wie sollte ich Hillu je wieder von meiner Seite kriegen? Sie klebte seit meiner fingierten Rettungsaktion ständig an mir, flötete tagein, tagaus Freddy-dies und Freddy-das. Ich überlegte sogar kurz, ihr reinen Wein einzuschenken. Aber das wäre Praktikums-Harakiri gewesen. Urs hätte mich entgegen seiner unspontanen Art umgehend an die Luft gesetzt. Die Winnetou-Veranstaltung war erstaunlich gut besucht. Natürlich

---

[5] Und ich wäre so gerne Nscho-tschi gewesen.

hatte ich mich nicht vorbereitet, weil ich nicht mehr als eine Handvoll Besucher erwartet hatte. Als ich vor dem Publikum stand, wusste ich selbst nicht so genau, was ich da faselte, wahrscheinlich war ich etwas im Rausch oder hatte Lampenfieber oder beides und hätte vielleicht auch die Bierflasche zuvor irgendwo abstellen sollen, aber dafür war es jetzt zu spät. So hielt ich meine spontane Ansprache, fuchtelte mit der Bierflasche herum, was dazu führte, das Schaum aus dem Flaschenhals quoll, ich *Entschuldigung* murmelte und einen Schluck abtrank, was mir durchaus einen Lacherfolg eintrug. Ich sah, als ich die Flasche absetzte, wie Urs sein Gesicht in den Händen verbarg und Esther fröhlich lachte. Sie konnte so schön direkt und unverfälscht mitgehen, und ich winkte ihr zu. Durch den Schluck Bier hatte ich Zeit gefunden, um nachzudenken, wie ich mit meiner Rede vorankommen konnte, die ich mit der Erwähnung der drei Winnetoufilme begonnen hatte, indem ich verriet, dass wir am liebsten alle drei Filme gezeigt hätten, dies jedoch bedauerlicherweise nicht möglich gewesen sei. Irgendwie kam ich auf die Ureinwohner Nordamerikas zu sprechen und legte ein paar Gedenksekunden für alle unterdrückten Völker ein, woraufhin ich einen weiteren Schluck Bier nahm und fulminant damit endete, dass, wenn wir alle etwas mehr wie Winnetou und Old Shatterhand wären, es besser um die Welt stünde. Daraufhin stoppte ich abrupt, denn eine gute Rede muss immer unerwartet enden, also verbeugte ich mich, ging aber nicht gleich ab, denn man muss einen Applaus bisweilen durchaus etwas erzwingen, weil sich das Publikum durch das Geräusch des Beifalls besser fühlt. Das fällt unter Autosuggestion, was jedem einleuchten dürfte. Ich winkte zum Abschied mit der Bierflasche, als hätte ich gerade ein zweistündiges Konzert durchgepowert und all meine alten Hits als Zugabe gespielt. Sie lachten und klatschten, länger als sonst, wie ich mir einbildete. Esther lachte immer noch, als ich zu ihr und Urs trat. „Deine Ansprache war völlig wirr, aber sie haben ziemlich lange geklatscht", wunderte sich Urs, und Esther meinte: „Aber sie endete großartig mit dem Hinweis, wenn wir alle etwas mehr wie Winnetou und Old Shatter…", sie erstickte vorübergehend an ihrem Lachen, „…hand wären, dann wäre die Welt besser. Genial! Gratuliere!"

Urs wunderte sich noch immer: „Warum haben die bloß zu deinem Blödsinn so lange geklatscht?"

„Da kannst du noch was lernen", giftete ich ihn an, weil der alte Miesepeter mich langsam aber sicher nervte. Immer hatte er etwas auszusetzen. „Das hat mit Nichtgeradlinigem-Denken zu tun: Gerade weil ich so wirr begann und alle bereits bedröppelt geschaut haben und sich fragten, was das jetzt wohl werden würde und ihre Erwartungen auf dem Tiefpunkt waren, hatte ich sie praktisch schon in der Tasche. Und dann kommt die unerwartete Wendung – ein perfekter Überraschungseffekt. Würde deinen Reden übrigens auch nix schaden!"

Urs bereitete seine Reden immer penibel vor, recherchierte tagelang, wusste alles und sagte nie etwas wirklich Neues. Er las seine Sätze ab, obwohl er sie auswendig gelernt hatte. Da sprang nie ein Funke über. Aber gar keiner. Gefühlsmäßig blieb es da immer stockdunkel. Man hatte Urs bereits mehrfach dezent zu verstehen gegeben, dass er doch auf seine wohlrecherchierten Filmeinführungen verzichten solle, wenn er nicht noch den letzten Zuschauer, der sich in seine kulturell wertvolle sowie stinklangweilige Vorstellung verirrte, vertreiben wollte.

Hätte ich mich nur geschickter angestellt, etwas zurückgehalten in der alten WG, dann wäre mir vielleicht noch ein zeitlich limitiertes Küchensofa-Bleiberecht gewährt worden. Dafür war es inzwischen wohl endgültig zu spät. Sie hatten eine Lady mit ausgeprägtem Putzfimmel als Mitbewohnerin akquiriert und redeten wahrscheinlich lachend über mich, wie über einen überstandenen Alptraum, bei ihren ultralangweiligen WG-Dinnerpartys, bei denen sie Spaghetti mit grünem Ekelpesto und Nullkommaeins Montepulciano konsumierten. Jedenfalls hatte es zu guter Letzt, angesichts meiner Cannabispflanzen, Riesenärger mit dem Hausmeister der Wohnanlage gegeben. „Es reicht nun, Fred! Aber absolut! Wirklich!" Die zwei Durchtrainierten hatten mich gewarnt. Mehrmals. Einmal haben sie mir sogar eine Abmahnung überreicht. Fein säuberlich am Computer getippt und ausgedruckt. Nur ein Disclaimer fehlte in der Fußzeile. Was sagt man dazu? Mir fiel damals jedenfalls nichts mehr ein. Meine Cannabispflanzen mussten weg. In der Tat: Meine Lieblinge waren groß geworden, und die Ernte war gigantisch. Als der Druck zu groß wurde, hätte ich sie wohl nicht heimlich auf den Dachboden vor das große Südfenster stellen sollen. Aber was hat der Hausmeister auch da oben zu suchen? Nie wieder ziehe ich mit Sportstudenten zusammen. Sie verkörperten das Klischee: Große Muskeln, nichts im Hirn. Tatsächlich hatten sie mich rausgeschmissen, da sie meinetwegen keinen Ärger wollten. Diese überangepassten Saubermänner. Zudem war ich finanziell derzeit etwas knapp. Mein System beim

Zocken hatte versagt – aber gründlich. Dass ich seit drei Monaten mit der Miete im Rückstand lag, war wohl kein Argument, das für mich sprach, und alles in allem waren wir nie wirklich Freunde geworden. Zu unterschiedlich war unsere Lebensphilosophie. Ich vermisste die zwei Bewegungsfanatiker nicht. Obwohl sie mich zu Beginn ab und zu zum Essen eingeladen hatten. Da gab es immer lecker Rotwein und sie tranken nur Nullkommaeins, zwecks Kondition, Fitness und so. Also konnte ich den Restbestand aussaugen. Irgendwann meinten sie jedoch: „Also Fred, Rotwein hält auf jeden Fall zwei bis drei Tage, so eine Flasche muss man nicht immer an einem Abend leertrinken." Sie schauten mich dabei eigenartig an, es dämmerte ihnen wohl, dass das mit dem Literaturstudenten, der zudem ein glühender Charles-Bukowski-Verehrer war, als Mitbewohner vielleicht doch keine so gute Idee gewesen war. „Und ich dachte, wir machen noch 'ne Flasche auf, Männer. Auf einem Bein kann man ja bekannterweise schlecht stehen." Als sie mich sprachlos anstarrten, hängte ich erklärend hinten dran und hatte wirklich noch die leise Spur einer Hoffnung, dass jetzt eine zweite Flasche geöffnet würde: „Wein verdünnt doch das Blut und das ist doch gerade für euch Sportler super. Also, ihr solltet es auf jeden Fall mal ausprobieren, vielleicht heute Abend den Anfang machen." Sie stierten mich an, als käme ich wirklich vom Jupiter und einer meinte: „Ne Fred, lass mal." Das war dann wohl das vorweggenommene Ende. Ich meine, wir hatten sowieso nie zueinander gepasst. Allein ihr Sauberkeitsfimmel! Die putzten ständig. Natürlich war jeder mal dran. Aber wenn ich an die Reihe kam, gab es überhaupt nichts mehr zu putzen, die kleinste Ecke war längst blitzblank gewienert und alles absolut steril! So eine überzogene Keimfreiheit soll doch gar nicht gesund sein! Und wehe ich ließ mal ein paar Spaghetti im Ausguss liegen. Der mit dem breiteren Anabolikakörper teilte mir angewidert mit: „Huh, Fred, Spaghetti im Ausguss sind eklig!" Das waren so ihre halbherzigen Versuche, mich zu erziehen. Als ob das etwas geholfen hätte! In solchen Momenten nannten sie mich immer Fred und nicht Freddy. Das kann ich nicht ausstehen! Bleibt bitte bei Fred oder bei Freddy, aber konsequent und zeigt nicht, dass ihr verärgert seid, indem ihr das vertrauliche Ypsilon am Ende weglasst. Wir hatten wohl wirklich nicht zusammengepasst. Das hätte ich vielleicht auch einmal tun sollen, kochen und so, und einen auf harmonisch machen und so, und einen Putzfimmel simulieren und so, und einen auf ernsthaft studieren und so, und weniger trinken und so, und einen auf langweilig machen und so, und was weiß ich und so, und jedenfalls immer schön so weiter.

Drei Wochen hielt ich auf dem Sofa im Büro schon durch. Eine reife Leistung. Niemand hatte auch nur die mindeste Ahnung davon. Ich blieb stets bis zum Ende der Vorstellung und bot dem jeweiligen Vorführer an, dass ich die Restarbeiten machen würde, *ich wäre sowieso noch etwas hier*. Sie verschwanden meist dankbar. Nur mit Felix war das etwas anstrengend, denn er hatte wohl wirklich kein Privatleben außerhalb unseres Kinos, hing immer ewig hier herum und war dankbar, wenn er jemand zum Quatschen hatte. „Du kannst ruhig gehen, ich mache den Rest." Felix reagierte, indem er uns zwei Bier holte: „Dann haben wir ja mal Zeit, um uns zu unterhalten."

172

„Ja, klar Mann, auf ein Bier. Aber danach muss ich noch arbeiten."

Endlich stand Felix auf. Er wunderte sich zwar, dass ich um drei Uhr früh noch hierbleiben und arbeiten würde, aber ich erklärte ihm, dass ich nachts am produktivsten sei. Urs würde um sieben Uhr antanzen, also musste ich um viertel vor sieben aufstehen, den Schlafsack wegräumen und mich rudimentär in der Herrentoilette frisch machen. Urs war in letzter Zeit sowieso nicht allzu gut auf mich zu sprechen, weil ich mit meinen Aufgaben nicht vorankam, und er wäre sicher nicht einverstanden gewesen, dass ich derzeit vierundzwanzig Stunden im Kino verbrachte. Dabei hatte das etwas Praktisches, wenn sich Arbeit und Leben auf diese Weise vermischten. Ich ersparte mir den lästigen Arbeitsweg, es gab hier ausreichend Getränke und es war einfach, sich Pizza ins Filmlabor 14 liefern zu lassen. Somit gab es eigentlich keinen Grund, das Kino jemals wieder zu verlassen. Aber irgendwann holen einen die Sünden der Vergangenheit immer ein und zwar natürlich genau dann, wenn es so gar nicht reinpasst.

Das Übernachten am Arbeitsplatz hatte ohnehin einen immensen Vorteil. Irgendwie war ich arbeitstechnisch ziemlich im defizitären Bereich, ich hing meilenweit mit meinen Aufgaben hinterher. Morgens werde ich einfach nicht richtig wach. Ich bin dann irgendwie noch betäubt, als ob mein Kopf voller Watte wäre. Der Vormittag ist für mich einfach absolute Schlafenszeit. Ich bin kein Frühaufsteher, der um zehn Uhr performt wie eine Nähmaschine im Zickzackstich. Esther und Urs hingegen hatten stets schon um acht Uhr früh die Augen weit geöffnet, waren konzentriert, wirkten frisch und ratterten freudig und produktiv vor sich hin, statt vormittags mehrfach in Sekundenschlaf zu fallen.

So war es in den letzten drei Monaten gelaufen. Stell dir Dracula tagsüber in einem Büro am Kopierer vor. Da kommt nichts Gescheites dabei heraus. Unmöglich! Er hat seine blutsaugende Hochleistungskurve auch spätnachts. Ständig hatte ich meinen Stuhl verlassen und war zur Kaffeemaschine geschlurft, aber mit meinen Aufgaben war ich nicht vorangekommen. Und so hatten sich eine Menge Arbeiten angehäuft. Ich musste noch die Playlisten für das komplette Kurzfilmfestival erstellen, hatte aber noch nicht einmal damit angefangen. Außerdem wusste ich natürlich, dass Urs mich demnächst darauf ansprechen würde.

Seit ich nachts hier war, ging eine komplette Veränderung mit mir vor. Die erste Nacht hatte ich noch auf dem Sofa verbracht und sämtliche Filmzeitschriften durchgelesen, einige Biere gekielholt und schließlich den Projektor angeworfen, um, was man eigentlich nicht sollte, privates Zeug anzuschauen. Ich hatte mir zwei Filme reingezogen, die ich zuvor am Bürorechner, dank der tollen Internetverbindung, in Nullkommanix heruntergeladen hatte. Das Dumme war nur: Nach ein paar Nächten begann ich mich entsetzlich zu langweilen. Finanziell war ich derzeit auch nicht gerade auf Rosen gebettet, also war ausgehen auch nicht angesagt. Aus lauter Langeweile fing ich an, die Playlisten für das Kurzfilmfestival zu erstellen, arbeitete zwei Nächte durch – und war fertig damit. Ich konnte es selbst nicht glauben. Als ich erst einmal damit angefangen hatte, floss es wie von allein. Nach Mitternacht lief es wie geschmiert. Das war meine Zeit zu arbeiten. Es gab also doch noch Hoffnung für meine Wenigkeit.

Nur zu gerne hätte ich die Arbeitszeiten auch für Esther und Urs in die Nacht verschoben, um mich an dem Anblick zu ergötzen, wie sie müder und müder wurden und durchhingen – so wie ich tagsüber immer. Wie ein Besessener arbeitete ich und hatte sämtliche Playlisten fertig, warf einen Blick auf meine ellenlange To-do-Liste und ringedingedingdong zog ich eine Sache nach der anderen durch. Das war für mich selbst unfassbar. Das Schönste daran war natürlich die Vorfreude, der Moment, wenn ich die Ergebnisse Urs und Esther präsentieren würde und sie mich ungläubig und fassungslos anschauten und nicht verstehen konnten, wie über Nacht aus Fred-Saulus Fred-Paulus geworden war.

„Was ist denn im Vorführraum los? Ich muss noch die Playlisten für die heutige Vorstellung erstellen."

„Das ist nun wiederum dein Problem, denn wie du weißt, hat Urs die Devise ausgegeben, die Playlist spätestens einen Tag vor der Vorstellung zu erstellen", sprach die heilige Esther.

„Aber wieso um alles in der Welt hängt da ein Schild *Zutritt verboten.*"

„Herbert, der Techniker ist da, und sie machen die jährliche Projektor-Wartung."

Ich hatte mir noch nicht einmal einen Kaffee herausgelassen, da kam Urs direkt auf uns zugesteuert.

„Sieht aber nicht entspannt aus", flüsterte ich Esther zu. „Urs, seid ihr fertig? Dann würde ich noch kurz an den Projektor."

„Um wieder eine fehlerhafte Playlist zu erstellen!"

„He, meine Playlisten sind tadellos."

„Nur die eine nicht – als Hillu das erste und letzte Mal vorführte."

„Wie kommst du darauf?"

„Ich hatte damals gleich den Verdacht, dass etwas nicht stimmt. Aber ich konnte nichts finden. Doch Herbert hat mir gezeigt, wie man gewisse gelöschte Daten wiederherstellen kann. Ist etwas kompliziert – aber es geht. So haben wir herausgefunden, dass du nach Hillus Vorstellung die Playlist gelöscht und durch eine andere ersetzt hast. Und siehe da – so erklärt sich ein schwarzer Bildschirm nach dem Vorprogramm. Was sagst du jetzt, lieber Fred?"

„Als Angeklagter verweigere ich die Aussage."

„Verweigere du nur! Die Beweise sprechen gegen dich! Auf der Mitgliederversammlung im Januar werde ich die vorzeitige Beendigung deines Praktikums beim Vereinsvorstand beantragen. Vor Weihnachten schmeiße ich dich nicht hinaus. Mehr kannst du wirklich nicht erwarten."

„He, Urs. Ball flachhalten. Immer den Ball flachhalten. Soll ich jetzt die Playlist für heute Abend erstellen oder nicht?"

„Esther, würdest du das übernehmen? Tut mir leid, Fred, aber dich lasse ich nicht mehr an den Projektor."

„Ist das nicht etwas überzogen?"

„Du hast unser Vertrauen missbraucht!"

Das war hart, vor allem, weil ich Urs heute hatte fragen wollen, ob ich ein paar Nächte auf dem Kinosofa übernachten könnte. Aber es war wohl nicht der richtige Zeitpunkt, ihn gerade jetzt danach zu fragen. Dabei hätte ich gerne endlich meine Kinosofaübernachtungssituation legalisiert.

Urs stand vor mir. Es war mitten in der Nacht und ich lag im Schlafsack auf dem Kinosofa, neben dem zwei leere Bierflaschen standen. Das war's dann wohl! Jetzt fliege ich endgültig raus! Ich werde unter der Rheinbrücke schlafen müssen, dachte ich und überlegte bereits angestrengt, ob mein Schlafsack dafür warm genug war. Wenigstens den Platz unter der Brücke konnte er mir nicht verbieten. Aber noch schrie Urs nicht herum oder fragte ironisch, was ich hier machen würde. Irgendwann registrierte ich, dass er völlig fertig aussah und schöpfte Hoffnung: „He, Urs, was ist denn los? Hattest du einen Alptraum? Was Schlechtes gegessen? Oder beides? Du siehst jedenfalls gar nicht gut aus."

„Ich will jetzt wirklich nicht alles vor dir ausbreiten."

„He, Urs, so kommen wir aber nicht weiter. Du musst deine Nussschale öffnen und die Welt hereinlassen. Sonst erstickst du darin. Du garst schon so lange in deinem eigenen Saft. Das stinkt ja schon zum Himmel "

„Weißt du, warum ich immer so auf dir rumgehackt habe?", sagte er und ließ sich neben mir in den alten, abgewetzten Der-tut-es-ja-noch-Sessel fallen.

Gott, er wird doch nicht in Tränen ausbrechen. Ganz danach sah es jedoch aus. Er wirkte reumütig – wie ein Hund, der heimlich das Steak seines Herrchens gefressen hat.

„Urs, das war nicht so schlimm. Und ich hatte das eine oder andere Mal die Kritik durchaus verdient. Im Gegenteil, du hast meist ziemlich viel Geduld bewiesen. Ich an deiner Stelle hätte mich am ersten Tag rausgeschmissen. Das mit der manipulierten Playlist war schon ein krasser Vertrauensmissbrauch."

„Im Grunde genommen war ich die ganze Zeit neidisch auf dich."

„Auf mich? Du meinst wohl, weil ich …, also, worauf genau warst du – neidisch? Hilf mir doch mal weiter. Ich komm momentan einfach nicht darauf."

„Du hast so ein – sorgloses – Leben. Kannst allen Blödsinn machen und es ist im Grunde egal. Na ja, was heißt schon egal." Urs reckte den Kopf, zitierte aus der Bibel oder sonst einem klugen Buch. Er trug irgendeine abgeschliffene, endgültige Weisheit vor, die ich mir um alles in der Welt nicht merken konnte. Ich war einfach ein schlechter Zuhörer. Aber Urs zitierte ausführlich, stolz, etwas geschwollen – und ich war mir sicher – fehlerfrei. Es ging mehr oder weniger darum, dass alle unsere Taten eine Auswirkung im Universum haben. Hilfe, was war mit ihm bloß los? Ich hatte das Gefühl, dass er dringend eine kleine Aufmunterung nötig hatte.

„Urs, du hast es wirklich drauf. Absolut kein Grund, so deprimiert zu sein."

„Danke. Das hilft mir aber auch nicht."

„Ich glaube, es wäre an der Zeit, dass du erzählst, warum du um vier Uhr früh hier aufschlägst. Ich meine, schlimm genug, dass dein Praktikant das Kinosofa als Schlafstelle nützt. Kommst du von einer Sauftour? Hat deine Frau von deinen Eskapaden genug und die Tür verriegelt?"

„Das ist es nicht."

„Nein?"

„Ich hab's wohl total verbockt."

„Oh, interessant. Erzähl doch mal."

Endlich erzählte Urs. Zuerst kam es stockend, aber dann sprudelte es nur so aus ihm heraus. Dabei hatte er sich diesmal gar nicht, wie bei einer Filmvorstellung, penibel vorbereitet und seine Rede auf Karteikärtchen festgehalten. Es war nicht allzu verwunderlich. An der Rede arbeitete er insgeheim schon ein paar Jahre. Wenn er das öfters machen würde, einfach mal herauslassen, was in ihm war, ehrlich auf seine innere Quelle vertrauend, dann würde womöglich noch ein halbwegs passabler Redner aus ihm werden. Urs erzählte, dass er einen Riesenfehler gemacht hatte. Er hätte Graciella nie heiraten dürfen. Aber – was sollte er machen? Sie war nach ihrem Urlaubsflirt schwanger gewesen, er hatte sich verpflichtet gefühlt und geheiratet. Er verfluchte insgeheim schon lange den Tag, als er sich von einem alten Studienfreund hatte bequasseln lassen, Urlaub zu machen, um dabei richtig was zu erleben.

„Und jetzt? Trennung?"

„Wir haben ein Kind."

„Und die Antwort?"

„Nein."

„Wie geht es deiner Frau?"

„Es fehlt ihr hier einfach einiges. Etwa viel Zeit mit Freunden und Bekannten zu verbringen. Zuhause war sie früher praktisch nie für sich. Und in Europa ist es üblich, viel allein zu sein. Wir Nordeuropäer haben uns daran gewöhnt und wollen das vielleicht auch so. Aber das ist sehr schwierig für sie, allein in der Wohnung zu sein."

„Und was tut ihr dagegen?"

„Sie telefoniert oft stundenlang mit Freunden in der Heimat."

„Und danach sagt sie, dass sie große Sehnsucht nach ihrem wunderbaren Heimatland hat."

„Deine profunden Kenntnisse überraschen mich."

„Ein reiner Kopfmensch passt nicht zu einer typischen Brasilianerin."

„Was ist schon typisch?"

„Wenn sie gesellig ist und gerne genießt. Und wenn du unbeirrt das Gegenteil anstrebst. Ständig überpenibel bist. Wobei sich das eigentlich gut ergänzen könnte, wenn sich einer um den ganzen Pflichtkram wie Steuern und das ganze lästige Zeug kümmert."

„So scharf bin ich auch nicht darauf. Das kannst du mir glauben. Aber einer muss es ja machen."

Ich schwieg mich zur Abwechslung aus.

„Ich habe mich damals total von ihrem Aussehen leiten lassen und keine Sekunde darüber nachgedacht, dass wir völlig verschieden sind."

„Und jetzt?"

„Ich habe es total verbockt! Ich war so dumm und meinte, die ganze Welt sehen zu müssen und wollte alles Mögliche erleben. Kannst du dir vorstellen, dass ich damals, aufgrund der Reise nach Brasilien, die Beziehung mit Birgit beendet habe."

„Hat Birgit Ähnlichkeit mit Esther?"

„Nein, eigentlich nicht."

„Und das bereust du wohl jetzt etwas?"

„Etwas ist gut. Ich bereue nichts mehr als das. Birgit hat in England studiert. Sie war schon immer ein großer England-Fan. Sie fand die Sprache so wunderbar. Und am

Wochenende gab es bei uns oft Porridge oder bacon and eggs, manchmal mit den baked white beans in spicy tomato sauce oder Fisch mit Worcester sauce. Das war dann immer so, als ob wir einen Sonntagmorgen lang im Urlaub seien. Es war – so gemütlich! Ich fühlte mich äußerst wohlig und wunderbar aufgehoben. Wir hatten es einfach gut! Und ich Idiot meinte irgendwann, dass das zu trostlos sei – der unterkühlte Norden, das langweilige Europa, einfach alles. Und dass andere Länder doch viel mehr zu bieten hätten, was einerseits zwar stimmt, andererseits wiederum nicht, denn ich bin im Grunde genommen doch selbst ein langweiliges Exemplar unserer Region. Ausflüge in exotische Welten zu machen ist wunderbar, aber das Unterfangen, sich eine andere Welt als Dauerzustand hierher zu holen – das funktioniert nicht immer und passt auch nicht zu mir. Für andere mag das stimmig sein und sie sind damit glücklich, aber …"

„Du würdest lieber wieder mit Birgit fettigen Bacon mit Eiern essen, weiße Bohnen in red tomato sauce aus der Dose rütteln, 'n kräftigen Schuss Worcestersauce darüber gießen und danach auf dem Sofa liegen und Marcel Proust lesen. Liest deine Frau keine Bücher?"

„Nein, sie interessiert sich mehr für Musik und Tanz."

„Ich meine, sie ist fünfzehn Jahre jünger als du. Was hast du erwartet?"

„Mit Birgit war es immer so – harmonisch. Ich wusste das nur nicht zu schätzen und habe jetzt fast jeden Tag wegen irgendeiner Kleinigkeit Stress."

„Dann geh doch zurück zu Birgit. Korrigiere deinen Irrtum."

„Das geht nicht."

181

„Du wärst nicht der erste, der sich von einer Frau trennt, obwohl sie Kinder haben."

„Birgit lebt mit dem Vater ihres Kindes zusammen. Sie ist glücklich. Sie hat es besser hinbekommen als ich."

„Und jetzt?"

„Nichts. Es ist meine Schuld. Ich habe einen Riesenfehler gemacht und mir eine Frau ausgesucht, die nicht zu mir passt. Das ist mein Fehler. Ganz allein mein Fehler."

„Du bist mal wieder ziemlich hart mit dir."

„Du hast recht. Ich sollte wohl nicht immer so schweizerisch-perfekt in allem sein."

„Wäre auch besser für deine Ehe."

„Ja, das ist eine Herausforderung, mich locker zu machen. Übrigens, Fred, die Sache mit der manipulierten Playlist."

„Ja?"

„Ach, ich hab's vergessen. Mach dir mal keine Sorgen. Ich bringe es nicht zur Sprache."

„Bist du sicher, Urs? Das ist aber nicht korrekt."

„Ich muss wohl irgendwo anfangen, mich zu ändern, mich lockerer zu machen, sonst gehe ich nur allen ständig auf die Nerven."

„Deine Ehe ist also nicht das, was du dir für dein Leben erträumt hast. Dann mache das Beste daraus oder trenne dich. Aber nicht etwas dazwischen. Jedenfalls nicht als Dauerzustand."

„Eine Trennung kommt nicht in Frage."

„Also höchste Zeit für einen Strategiewechsel."

„Muss das sein?"

„Wie lange seid ihr jetzt zusammen?"

„Vier Jahre."

„Dann merkt ihr wohl schon eine ganze Zeitlang, dass ihr sehr unterschiedlich seid."

„Ja, sie …"

„Stop! Chef, zu den Einzelheiten kommen wir später. Gemeinsamkeiten?"

„Einen Abend mit einem befreundeten Paar zu verbringen, das findet sie sterbenslangweilig, dieses endlose bla bla bla. Natürlich ist es auch sprachlich schwierig."

„Solche Pärchendinner *sind* sterbenslangweilig, Urs! Und was macht dein Portugiesisch?"

„Ich spreche doch …"

„Kein Portugiesisch, oder habe ich da etwas verpasst?"

„Nein, aber …"

„Und tanzt du gerne?"

„Nein."

„Was hast du getan, um Gemeinsamkeiten aufzubauen? Auf welchen Teil ihrer Welt hast du dich eingelassen?"

„Also, ich habe mehrere südamerikanische Autoren gelesen, nicht unbedingt brasilianische, aber …"

„Kopf, Kopf, Kopf, Urs. Du musst dich dringend lockerer machen. Du bist viel zu verkopft. Das ist für eine Brasilianerin der Horror. Wenn du ihre Liebe und Bewunderung willst, dann musst du mal aus dir herausgehen, du bist viel zu steif und perfekt. Das killt alles. Das geht mir ja schon so mit dir. Wie muss es erst für deine Frau sein? Ich würde vorschlagen, wir starten jetzt ein kleines Fred-Programm zur Vitalisierung deiner Ehe."

„Hilfe!"

„Geh mit ihr tanzen. Kannst du Forró tanzen?"

„Nein."

„Kannst du Walzer?"

„Ja, ich glaube schon, konnte ich jedenfalls einmal. Also auf dem Schulball ging's ganz gut."

„Ich leg mal Musik auf."

Daraufhin stand ich da und streckte die Arme entsprechend aus.

„Was soll das jetzt, Fred?"

„Willst du deine Ehe retten oder nicht?"

„Muss das sein?"

„Es muss sein. Du willst dich doch nicht trennen. He, dann mach was daraus! Erwecke die Anfangseuphorie zu neuem Leben. Ihr wart doch ineinander verliebt. Ihr habt was ineinander gesehen. Also, los jetzt!"

Als Esther ins Büro kam und uns sah, freute sie sich. Womöglich habe ich schon erwähnt, dass ich ihr freies Wesen und ihre spontanen Reaktionen liebte. Sie war professionell, fleißig, am richtigen Platz und lebte gleichzeitig ihre Natur. Ein bewundernswerter Mensch.

„Für die blauen Zehen, Urs, habe ich aber ein paar Freibier gut. Ich mache jetzt eine Woche lang Striche in deiner Zeile", sagte ich abschließend.

„Das ist ein verdammt hoher Preis. Andererseits ganz praktisch, weil bei dir sowieso kein Platz mehr für Striche ist."

„He, Urs, der war gut. Das Training wirkt schon. Ich glaube, wir haben uns jetzt ein Bier verdient."

„Es ist sieben Uhr. Die Arbeit beginnt."

„Die erste Pflicht ist und bleibt, das Leben zu genießen."

Ich machte mir ein Bier auf, Urs hätte vielleicht was dazu gesagt, aber das war schwierig, da wir gerade noch als Tanzpaar des Jahrhunderts galten.

„Nimm dir auch ein Bier, Urs."

„Einen Weißwein für Esther?", fragte Urs und strahlte Esther schmachtend an.

„Danke, ich habe Ingwertee dabei."

Nachdem wir endlich in trauter Runde saßen, trichterte ich Urs zum wiederholten Mal ein, dass er sich lässiger geben müsse und wenn er Erfolg bei seiner Frau haben wolle, müsse er bereit sein, auch mal seine eigenen Regeln zu brechen. Nicht immer nur streng und fleißig sein. Auch mal zum Frühstück Sekt trinken und Forró tanzen. Und das wäre auch nicht schlechter, als am Sonntagmorgen mit einem Wälzer der Weltliteratur im Arbeitszimmer zu verschimmeln.

„Woher weißt du das alles?"

„Urs, du bist wie ein aufgeschlagenes Buch für mich. Außerdem willst du nicht, dass es gerade so läuft. Die Ehe soll wieder großartig sein, wie zu Beginn."

„Das wäre, rein theoretisch, ein Ziel."

„Nicht ein Ziel, Urs. Das wird phantastisch, genial, wunderbar. Zudem machen wir im Februar einen brasilianischen Filmabend, legen brasilianische Musik auf und schmeißen eine Party mit allem was dazugehört. Ich kümmere mich um Caipi und eiskaltes, brasilianisches Bier. An brasilianischen Verhältnissen gemessen, trinken wir nämlich lauwarmes Bier. Du wirst sehen, deine Frau wird ihre Freunde mitbringen und ihnen mit leuchtenden Augen erzählen, dass du das alles für sie auf die Beine gestellt hast."

Es war, wie es immer war, wenn Weihnachten näher rückte. Sogar der mürrischste Zeitgenosse macht einen auf liebenswürdig, zuckersüß, passt sich ganz der besinnlichen Zeit und dem verlogenen Fest des Friedens an. An der Weihnachtsfeier waren meine lieben Schweizer ganz schön angeschickert. Außer, dass sie besseren Wein tranken, unterschieden sie sich in ihrem Alkoholkonsum nur unmerklich von den Deutschen.

Zum Käsefondue wurde Schnaps getrunken und Reto spielte die Mundharmonika, die sie abwechselnd als Schnurregige oder Muulörgeli bezeichneten. Sie machten sich unter der Einwirkung von Alkohol locker.

An der Weihnachtsfeier brach der absolute Wahnsinn aus! Es kam zum Eklat! Jemand veranlasste sein gequältes Smartphone dazu, aktuelle Schweizer Volksmusik von sich zu geben und hielt mir ungefragt sein Display vor die Nase. Wenn ich noch hätte aufstehen können, wäre ich geflüchtet, aber durch den überdurchschnittlichen Konsum meines Lieblingsgetränks war ich phasenweise paralysiert. Irgendein strammer Bursche trällerte frohgemutdauergrinsend einen derzeit populären Alpenjodlersong. Mir brach der kalte Schweiß aus, und obwohl ich dies nicht für möglich hielt, wurde es noch schlimmer, als sie Weihnachtslieder nicht nur abspielten, sondern am großen Bildschirm zugehörige Musikvideos wiedergaben. Stunden vergingen. Fest verzurrt saßen wir am festlich-grässlich geschmückten Vereinstisch, vor uns hauten seltsam verkleidete Volksmusikbarden ihre unglaublichen Lieder in die weite Welt hinaus. Ich hätte es nicht geglaubt, wenn ich es nicht mit eigenen Augen gesehen hätte. Wenn ich nicht so betrunken gewesen wäre, zudem zwischen Reto und Hillu felsenfest eingekeilt wie ein Gebirgspass zwischen zwei unverrückbaren Schweizer Bergmassiven, wäre ich geflüchtet. Aber auch diese Prüfung würde vorübergehen.

Esther amüsierte sich, lachte viel und unterhielt sich zwischendurch ernsthaft. Esther war nicht nur beliebt, sie war die anerkannte Dütsche, ich blieb der suspekte Dütsche. Aber an der Weihnachtsfeier ließ mich niemand etwas davon spüren. Ihre Art der Revanche erfolgte dezenter. Sie war geradezu subtil. Offene Auseinandersetzungen vermieden meine Schweizer Kollegen geschickt. Alles, womit ich ihnen ein paar Monate lang auf die Nerven gegangen war, zahlten sie mir mit Zins und Zinseszins durch eine Dauerschleife der grausamen Jodlersongs mehr als zurück. Und irgendwann jodelten sie alle und ich jodelte mit!

Nach dem Weihnachtshorror war ich gezwungen, ein paar Nächte im Auto zu verbringen, weil ein paar Vereinsstreber ihre hochfliegende Idee umsetzten, zwischen den Jahren das Büro zu streichen. Dank eines guten Schlafsacks konnte ich auf der Autorückbank übernachten, obwohl es etwas beengt war. In der zweiten Nacht wurde ich wach, als eine betrunkene Horde an die Scheibe klopfte. Es wurde ziemlich hell, entweder hatte einer seine bescheuerte Handytaschenlampe eingeschaltet, oder er fotografierte mit Blitzlicht. Zu allem Überfluss fingen sie an, das Auto hin und her zu schaukeln. Nicht einmal die trötende Autohupe konnte sie vertreiben, sie verstärkten daraufhin nur ihre Anstrengungen. Es blieb nichts anderes übrig, als das Auto anzulassen und davonzubrausen. Zwei

Tage später kam mir das Foto unter die Augen. Ein Kommilitone beugte sich zu mir herüber, hielt mir sein Smartphone unter die Nase und fragte: „Bist du das?" Ich verneinte, wobei ich natürlich sofort meine verschlafene und erschrockene Visage erkannte, die unweigerlich aus dem Schlafsack lugte. Es blieb nichts anderes übrig, als mich wieder auf dem Kinosofa niederzulassen, das war sowieso bequemer. Urs tolerierte es stillschweigend, aber sonst wusste niemand davon, also durfte nur eines nicht passieren: Dass sie mich auch hier ertappten und ich meine letzte Schlafstätte verlor. Aber es gibt Menschen, die werden nie erwischt. Sie können machen was sie wollen und kommen immer damit durch. Sie wurden in der Schule nie beim Abschreiben ertappt oder beim Sich-vor-der-Arbeit-Drücken im Berufsleben. Sie fallen geradezu die Karriereleiter hoch, die hübscheste Frau schmiegt sich ohne ihr Zutun an sie und natürlich streichen sie irgendwann ein Riesenerbe ein. Aber ich hatte noch nie zu dieser Kategorie gehört. Wie es zu erwarten war, ging es auch diesmal gründlich schief. Immerhin war ich ziemlich krisenerprobt und fiel nicht gleich um, als das Kartenhaus über mir zusammenbrach.

Epilog

Aus verschiedenen Gründen bin ich in einer Kleinstadt notgelandet. Natürlich wird das nur ein vorübergehender Zustand sein, bis ich meine Items geordnet und genug Treibstoff gebunkert habe, um mich wieder in eine günstigere Umlaufbahn zu katapultieren.

Unlängst besuchte ich ein Filmfestival. Ich bin nicht gerade der große Nostalgiker. Aber wen erblickte ich in der Jury? Heiliges Ofenrohr! Esther! Ich dachte, ich sehe nicht recht. Aus ihr war wirklich etwas geworden. Sie hatte sich offensichtlich im selektiven Filmbusiness etabliert.

Sie lachte wie eh und je, als sie mich erkannte, nachdem ich sie am Büffet angesprochen hatte, ihr aber nicht die Hand geben konnte, weil ich gerade mit drei Tellern balancierte. Bei mir gehören Vor-, Nachspeise und der Hauptgang strikt getrennt.

„Warum löst mein Anblick bei dir Lachen aus?"

„Na, du warst schon immer ein einfallsreicher Improvisator – deine Art dich durchzumogeln, ich fand das immer so erheiternd."

„Meinst du? Ist gar nicht so einfach. Gehört schon etwas Übung dazu."

„Natürlich", lachte sie. „Aber der direkte Weg war dir ja zu einfach."

„Ist noch nie mein Ding gewesen."

Wir tauschten Visitenkarten aus. „Oh, Literaturproduktionen! Was produzierst du, Fred?"

„Na ja, letztes Jahr habe ich ein Theaterstück auf die Bühne gebracht."

„Oh, Theaterregie?"

„Ein Autorentheaterstück mit acht Schauspielern und Musikbegleitung. Vom Autor selbst in Szene gesetzt."

„Und was machst du derzeit?"

„Ich schreibe an einem Band mit Kurzgeschichten. Und du?"

„Ich arbeite in einer Filmproduktionsgesellschaft in Berlin."

„Was du immer wolltest. Denkst du manchmal an unsere Zeit in der Schweiz zurück?", kam ich nicht umhin zu fragen.

„Manchmal."

„Hast du mal wieder was von Urs gehört?"

„Ja."

„Und? Lass dir doch nicht alles aus der Nase ziehen."

„Er ist immer noch Geschäftsführer im Filmlabor 14 – aber inzwischen geschieden."

„Oh!"

„Dein Wiederbelebungsworkshop für Ehen in Schieflagen hat eine Zeitlang geholfen, aber sie haben irgendwann eingesehen, dass sie einfach nicht zusammenpassen."

„Na ja, das war ja auch eher ein Crashkurs. Immer wenn ich an Urs denke, muss ich an einen Text von Dürrenmatt denken."

„Oh, jetzt zitiert der Literat. Lass hören."

„Im Auswendiglernen war ich schon immer schlecht. Aber es geht darum, dass derjenige, der zu genau plant, umso eher vom Blitz getroffen wird oder so ähnlich. Aber es hat nichts mit Gewitter zu tun und es kommt auch kein Blitz darin vor."

Esther lachte: „Und du meinst, das passt?"

„Dürrenmatt war ja auch Schweizer."

„Stimmt allerdings. Deine Art Querverbindungen herzustellen ist hervorragend", lachte sie.

„Ich habe dein Lachen immer geliebt. Ist das nicht ein gutes Zeichen, wenn ein Mann eine Frau zum Lachen bringt?"

„Ja, das ist es."

„Dann kann also noch was aus uns werden."

„Man soll die Hoffnung nie aufgeben."

„Ich dachte, ich sprech's einfach mal an."

„Natürlich." Sie kicherte nochmals. Ein Nachkichern sozusagen.

„Weißt du, dass ich oft an unsere gemeinsame Kinozeit zurückdenken muss? An Hillu, Reto, Urs, Felix – und an das, was du damals immer gesagt hast: Dass die was Tolles erschaffen haben. Du hattest absolut recht!"

„Und damals hast du dich immer über alles und jeden lustig gemacht."

„Ja. Ich werde wohl sentimental, und am Ende geht es mir wie Holden Caulfield."

„Ganz der Literat. Fred redet nur noch in Buchzitaten. Und wie geht es Holden am Ende?"

„Am Ende vermisst er doch alle. Sogar den Fiesling Stradlater."

„Dass du dich an so etwas erinnerst!"

„Das ist mein Leben, Esther. Die Literatur."

„Wie konnte ich das nur vergessen!"

Esther lachte, als ob sie mich nicht ganz ernst nehmen würde. Ich sprach sie darauf an, weil ich die Dinge meist gleich klären will. Esther erwiderte, dass sie mich schon ernst nehmen würde, aber ich hätte einfach so eine Art an mir, die sie zum Lachen brächte. Ich dachte nochmals darüber nach, dass das vielleicht doch was hätte werden können mit uns. Der Anblick ihres Hinterns am Projektor, als wir unsere erste Playlist erstellt hatten, war sowieso nie wirklich in Vergessenheit geraten. Aber ihr wisst ja selbst, wie das ist. Schluss jetzt damit!

He, Urs! Wo immer du auch bist: Alles Gute! Kopf hoch! Wird schon! Du bist nicht allein mit deinen Knacknüssen. Dieses finstere Tal haben andere auch schon durchschritten. Und irgendwann taucht ein Lichtschimmer am Horizont auf. Wenn du jetzt auch nicht daran glauben kannst. Fred kennt sich da aus. Vielleicht könnte ich irgendwann eine Lesung in eurem Kino halten, aber bitte keine Einführung deinerseits, die mache ich schon selbst, natürlich eher spontan wie damals über Winnetou. Howgh!

Tante Bella und die Grünpflanzenkommissarin

Jahrelang suchte die Grüne Heilerin nach dem richtigen Ort, bis sie eines Tages an die Tür eines einstöckigen Hauses pochte …

Tante Bella ließ sie herein, führte die funkelnagelneue Besucherin zum lesenden Prinzen in den Garten und hörte das hässliche Wort Flächenfraß. Darauf sagte der Prinz: „Ja, leg los, denn der gebildete Mensch macht die Natur zu seinem Freund. Ich muss jedoch zuvor noch Tante Bella fragen."

Aber da nickte Tante Bella bereits, wie es ihre Art war, wenn sie auf die richtige Weise von der richtigen Person gefragt wurde. Dann musste sie gar nicht viel darüber wissen. Und so kam es, dass die Grüne Heilerin sich an die Arbeit machte.

Der schnellwachsende Mammutbaum, jene Abart, die das erste Mal hinter dem winzigen Haus gedieh, neuartiges, hochschießendes Buschwerk, fremdartige Klein-, Kleinst- und Mikropflanzen, allerlei verwunderliches, unbekanntes Grünzeug, das bisher nur im Gewächshauslaboratorium der Grünen Heilerin wuchs, gelangte durch die schöpferische Verbindung des befürwortenden Literaten und der Ausnahmebotanikerin in Tante Bellas Garten.

Außer den Pflanzeneigenkreationen der Grünen Heilerin schossen einheimische Arten wie Leberblümchen und Primeln aus dem Boden. Bergulmen und Eichen strebten im Zeitraffer zu einer Größe, als wären sie jahrhundertealt, es huschten schwarzgelb glänzende Feuersalamander umher, Bäume standen von Moos überzogen, als ständen sie bereits Jahrzehnte an Ort und Stelle, Eschen und Ulmen legten Jahresringe im Wochentakt zu, es gab Stachelbeeren, der schwarze Senf gedieh, der Gamander-Ehrenpreis, die Gewöhnliche Küchenschelle, Nachtviolen und tausenderlei mehr und alles von der Grünen Heilerin so modifiziert, dass, was sonst Jahrzehnte brauchte, sich in Monaten vollzog.

Sobald das Gerüst aus mächtigen Baumstämmen trug, wurde Stockwerk um Stockwerk erhöht, die bunte Pflanzenwelt ragte längst über das winzige Haus und sämtliche Nachbardächer hinweg und schoss in den Himmel hinein – und soweit es ging, verbreitete es sich ringsum.

Die Grüne Heilerin lenkte wundersam das Wachstum der Pflanzen. Es war erstaunlich, wie ergiebig sie Tante Bellas Grundstück ausnutzte. Die Wurzeln bohrten sich tief in den Boden und die Blätter, Äste und Triebe schossen in ungeahnte Höhen. Der Privat-Dschungel lebte und gedieh und überragte das Häuslein bereits um das Mehrfache.

Ob die Pflanzen bis zum Mond wachsen würden, fragten Kinder, die Ähnliches aus Kinderbüchern kannten.

„Nein, so etwas gibt es nur im Märchen", murmelten die Anwohner, lugten aber argwöhnisch und furchtsam, nachdenklich, erstaunt und waren sich wirklich nicht ganz sicher.

Als das Ast- und Blätterwerk sich endgültig über die Nachbargrundstücke zu erstrecken und zu vereinigen begann, wurde der brodelnde Unmut zum hell lodernden Widerstand und schließlich zur Klage. Nichtsdestotrotz wuchs und wucherte es weiter. Niemand konnte es mehr aufhalten. Bis die Klage zur Verhandlung kam, waren sämtliche Nachbarhäuser von Blatt- und Astwerk überdacht und umringt. Es hing ein gigantischer Urwald über den Häusern und jene dicksäuligen Mammutbäume, die in den inzwischen partizipierenden Gärten standen, bildeten das Gerüst des Ganzen. Dass diese Bäume ungewöhnliche Namen wie Bulgakow, Tobias Mindernickel, Dean Moriarty und Gregor Samsa trugen, entsprang der innigen Harmonie zwischen dem weiterhin Lesenden und der Grünen Heilerin.

Längst lehrt die Grüne Heilerin an zahlreichen Universitäten. Sie wurde zur weltweit ersten Grünpflanzenkommissarin ernannt. Der ausgemergelte Kontinent Europa verwandelte sich innerhalb weniger Jahre zu einem grünen Dschungel, bedeckt von Wald und einer Pflanzenvielfalt, wie sie es vielleicht einmal vor Jahrtausenden gegeben hatte. Die Städte sind grün statt grau – und wer möchte allen Ernstes darauf verzichten? Es existieren nur noch Einbahnstraßen, die Gegenfahrbahn ist ein grüner Block mit Ruheplätzen samt Brunnen, den zentralen Platz säumen Wasserfälle, es gibt Klettersteige, Höhlen, Tiere und Vogelgezwitscher, Teiche und Froschgequake, Insekten schwirren, Tauben gurren nach wie vor … Die grüne Welt überragt den Menschen, er ordnet sich diesem Idyll unter und sieht seine kluge Vorherrschaft in leisem Zurücktreten und in sachtem Regulieren.

Manche sehnen die alten Zeiten zurück. Sie wollen wieder *frei* sein und mit tonnenschweren Fahrzeugen die Straßen hinunterdonnern. Aber noch regieren die Grünpflanzenkommissare, und sie sind sehr motiviert. Gerade beginnt die zweite Generation mitzuwirken. Natürlich wird der anfängliche Enthusiasmus nachlassen und alles geregeltere und langweiligere Bahnen gehen. Warten wir's ab und ernten Kürbisse, die unter dem Schatten der Blätter wachsen, und Bohnen, die wundersam vor unseren Nasen ranken.

Der Literat liegt und liest auf verschiedenen Etagen und hat mit der Grünen Heilerin immerhin jene erste Treppe im Grün angelegt, die bis auf das Dach der Pflanzenwelt führt, und den Namen Arkadij Makarowitsch Dolgorukij trägt. Er bestand darauf, dass alle im Grün nach oben führenden Treppen diesen Namen bekommen. Ob dies ein Beitrag zur nach wie vor, jederzeit, immerfort, weiterhin dringlichen Völkerverständigung oder eine rein literarische Vorliebe war, das mag ihn jener fragen, der ihn in der unerfindlichen grünen Welt über dem einstöckigen Haus zu finden vermag, was schwierig sein wird, denn Koordinaten wurden bisher keine genannt. Und das winzige Haus ist längst nicht mehr zu sehen, untergegangen wie alle Dinge eben irgendwann untergehen, im Gegensatz zu unsterblichen Namen wie *Merrill Overturf*. Obwohl dies, nebenbei erwähnt, nicht einmal der Name des Protagonisten jenes ... – aber das führt jetzt wirklich zu weit.

Markus Reich
Der Märchenphilosoph
Roman

Beginnen wir damit, das allerpersönlichste Märchenwesen in uns zu entdecken, um zu verstehen, wer wir wirklich sind. Bin ich denn nun ein listiges Fabelwesen, ein kluger Elf, eine ratlose Heldin vor ihrer Feuerprobe, eine gütige Fee oder ein Seeadler, der durch die Weite des Himmels gleitet? Lassen wir zunächst jenes vor uns selbst verborgene Geheimnis aufleuchten! Seien wir endlich jene Märchenfigur, die wir uns bisher nur im kostbar gehüteten Traum erlaubt haben zu sein! Die Substanz all dessen ist seit Jahrtausenden dieselbe, sie bleibt unvermindert des Menschen größtes Mysterium, es ist nach wie vor die Magie.

Eine heitere, sentimentale Reise voller Irrtümer und Glück. Vom Zauber, die eigene Gabe zu finden und zu entfalten, um sie dann zu verschenken.

Markus Reich
Liebe mich in einer neuen Zeit
Roman

Ein ungleiches Liebespaar in gefahrvoller Auseinandersetzung mit den Mächtigen.

Novalee betrachtete lange das vertraute Gesicht, bevor sie sagte: »Es wäre besser gewesen, du hättest mich in einer anderen, glücklicheren und gerechteren Zeit geliebt.«

»Gleichgültig in welcher Zeit, ich werde dich immer lieben.«

»Liebe mich in einer neuen Zeit«, antwortete Novalee und schob den Widerstrebenden sanft zur Tür hinaus.

Ein ungleiches Liebespaar wird getrennt. Bis sie sich inmitten der gefahrvollen Auseinandersetzung der Ausgebeuteten mit den Mächtigen begegnen. Novalee steht für die Rechte der Näherinnen ein, als Fynn verzweifelt versucht, sie vor den Folgen ihres mutigen Protests zu schützen, um ihr eigenes Glück zu retten.

Markus Reich
Der Corona-Idiot
Roman

Ein bewegender Roman über die Pandemie und die Liebe.

»Doch wer ist nun dieser "Corona Idiot"? Auf den ersten Blick ist es der Schriftsteller Clemens, der in mehrerlei Hinsicht seine Heimat verliert, dann Sarah begegnet und mit ihr als Gefährtin durch eine unwirkliche Zeit wandert.«
Südkurier

»Hilflosigkeit, Angst und Entzweiung, aber auch Liebe und Zusammenhalt werden in knapper, genauer Sprache geschildert.«
QLT

»Schon zu Beginn der Lektüre hat man das eigenartige Gefühl einer Zeitreise. Wie Reich den Jahresanfang unmittelbar vor Ausbreitung des Virus nach Europa beschreibt, wirkt eigenartig vertraut und fremd zugleich.«
Schwarzwälder Bote

»Und plötzlich war die Grenze zu.«
Konstanzer Anzeiger

Markus Reich
Die Indienreise der wundersamen Begegnungen
Roman

Daniel steckt ziemlich in der Krise, zudem tritt seine geliebte Freundin Leonora eine Stelle in Indien an. Er folgt ihr kurzentschlossen, doch zu ihr zu gelangen, ist schwieriger als vermutet.

Unterwegs in äußerer und innerer Bewegung findet er Antworten auf Fragen, die er zuhause nie gestellt hätte. Fremde Städte und pittoreske Landschaften, Hindutempel und buddhistische Höhlen sind Orte einer vielgestaltigen, bunten Welt, die zu Schauplätzen intensiver und einschneidender Begegnungen werden. Wertvoll, tiefgehend und bedeutsam ist Indiens Einfluss! Gleichgültig zu bleiben ist unmöglich!

Wird Daniel am Ende Leonora wiedersehen oder die faszinierende Reise ins Innere eines wankelmütigen Glücks fortsetzen?

In dem abenteuerlichen Roman *Die Indienreise der wundersamen Begegnungen* begegnen wir erneut Leonora und Daniel, den Protagonisten aus *Der Märchenphilosoph*.

Markus Reich wurde 1968 in Rastatt/Baden geboren und wuchs in der Region Stuttgart und im Schwarzwald auf. Während des Ingenieurstudiums entdeckte er die leidenschaftliche Liebe zur Literatur. Studienaufenthalten in Frankreich und Indien schloss sich eine zehnjährige berufliche Reisetätigkeit in vierundzwanzig Ländern an. Seit 2017 ist Markus Reich freier Autor und schreibt Romane, Erzählungen, Drehbücher und Theaterstücke.

Zitiert wurde aus:

KAFKA, Franz: Das Schloß. Roman, in der Fassung der Handschrift, Frankfurt/Main: S. Fischer, 2008, 2. A. 2014, S. 80-81.

KAFKA: Das Schloß, S. 83.